弱种子
也要发芽

刘克升 | 著

中国广播影视出版社

总序
preface

徜徉在那些美好中间

就那样欢喜地遇见了。一缕春风便吹绿了广袤的原野，一声鸟鸣便幽静了一方山林，还有那一树树的花开，那一溪溪的清流，那自由舒卷的白云，那古风犹在的远村，那喜欢眺望的老槐树，那池塘里嬉戏的鸭鹅，那迷了路也不慌张的蝴蝶……一眼望去，随处都是迷人的风景，自然、清新、朴素，美丽的气息恣意地荡漾。

就那样欢欣地爱上了。爱上一江静水流深的从容，爱上一场夏雨的酣畅淋漓，爱上秋光无限的姹紫嫣红，爱上冬日纯净的银装素裹，爱上一架高桥横跨大江南北的豪迈，爱上一条长路贯穿东西的壮丽，爱上一栋栋高楼大厦春笋般地拔地而起，爱上一盏盏明灯火树银花般地亮起，爱上繁华街市上的车水马龙，爱上广袤原野上的万顷稻浪……目光所及，到处都是浓墨重彩的画面，壮丽、逶迤、宏阔，磅礴的气势，不可阻挡地扑面而来。

就那样幸福地陶醉了。为小草清脆的发芽声，为牵牛花爬过的篱笆，为檐雨轻轻弹拨的琴音，为红叶点缀的山间小径，为低低飞过的麻雀，为穿窗而来的明媚阳光，为谜一样撩起思绪的星空，为旅途上惊喜的相逢，为擦肩而过时甜美的微笑，为孤独时一语关切的问候，为寂寞行程上一个真诚的微笑，为梦想成真时热烈的掌声……原来，万物皆有欢喜，万事皆生情趣，万人皆可亲近。

就那样痴痴地迷恋了。一段尘封已久的历史，还在慢慢地讲述着过往的沉沉浮浮；一个情节兜兜转转的故事，还在絮絮地诉说着扣动心弦的爱恨情仇；一首染了田园或边塞风韵的唐诗，还在绵绵地传递着可意会也可言传的美妙；一阕或豪放或婉约的宋词，仍在徐徐地吹送着折不断的杨柳风。一卷在手，便有无数的星光扑来，便有无尽的话题打开，便有无限的遐思飘逸……没错，天下风光在读书。走进书籍的水色山光里，随时随地都会遇到醉了眼睛也醉了心灵的风景。

真好，怀揣柔柔的爱意，自由自在地穿梭于古往今来，欢欣地流连于尘世的点点滴滴，不辜负每一个怦然心动的瞬间，或认真倾听一朵花开的声音，或仔细凝眸一轮素洁的明月，或悉心阅读一枚秋霜染红的枫叶，或静心体味一缕柔情似水的炊烟，或端坐窗前看明明暗暗的光影慢慢地走来走去，或漫步田埂上看黄黄绿绿的庄稼葳蕤地生长，或穿行于喧嚣的街市，随手捕捉一串苦辣酸甜，或安然于静静的斗室，照料日常的柴米油盐……有时要寻寻觅觅，有时只需不经意的一瞥，就能够欢喜地遇到那么多的真，那么多的善，连同那么多的美。

尘世间俯拾皆是的种种美好，都是生命不可或缺的弥足珍贵的馈赠。一位锦心绣笔的作家，即便身处寻常的日子里，即便面对普通的一花一草，也会有欢喜的发现，会有怦然心动的感悟，会欢悦地撷取光阴里的点点滴滴的美好，用一生珍惜的笔墨，饱蘸真情，一一精心地描绘下来，呈现给自己，也呈现给熟悉的或陌生的朋友。

于是，我们有幸看到了这样一篇篇精彩纷呈的美文，看到了这一套"语文大热点"美文系列图书：高方的《池鱼和笼鸟的距离》、李雪峰的《一滴海水里的世界》、王继颖的《感恩最小的露珠》、刘克升的《弱种子也要发芽》、崔修建的《向低飞的麻雀致敬》。

五位《读者》《青年文摘》等知名报刊的签约作家，多年来一直潜心美文创作，他们发表在国内外各类报刊上的美文数以千计，其中不少作品被译介到国外，他们都曾出版多部深受众多读者喜爱的畅销美文专集，有多本书成为馆配图书，或入选农家书屋和社区书屋。

这次，由中国广播影视出版社精心策划，五位作家联袂推出的这套特色鲜明、风格各异的美文系列图书，既是五位作家美文创作实绩的一次集中展示，也是进一步拓展美文写作空间的一次有益的探索，更是奉献给广大读者的一份精神美餐。

作为中考语文、高考语文的热点作家，李雪峰、崔修建、王继颖、刘克升、高方创作的大量优质美文，曾多次入选中考、高考语文试卷及模拟试卷，更有数以百计的美文入选各类语文教材和课外阅读书籍，成为众多中学生信赖的快速提升写作水平的优秀范本，在许多省、市中学生寒暑假必读书目中，经常会见到五位作家醒目的名字。

德国作家、诗人赫尔曼·黑塞曾经有一段非常值得咀嚼的感慨："当一个人以孩子般单纯而无所希求的目光去观看，这世界如此美好：夜空的月轮和星辰很美，小溪、海滩、森林和岩石，山羊和金龟子，花儿与蝴蝶都很美。当一个人能够如此单纯，如此觉醒，如此专注于当下，毫无疑虑地走过这个世界，生命真是一件赏心乐事。"

这一套美文系列图书的作家，就是如此始终热爱着凡俗世界中的美好，始终坚持倾听心灵的召唤，单纯地因喜欢写而写，无论世事如何变幻，无论际遇如何转换，美好的情怀依旧。

如是，请让我们怀抱向美之心，跟随五位作家的脚步，走进一篇篇美文打开的斑斓世界，徜徉在那一个个滋润心灵的美丽时空中，或驻足，或凝眸，或静品，或感悟，且让思绪自由飞扬，且让一颗永远不老的诗心，请出书中的无限旖旎的风光，与我们欢欣地对坐，忘却光阴无声的行走，唯有深情永驻的岁月静好。

崔修建
2020年9月

目录

第一辑　记住长里面的短

当人生遇到困惑的时候，当行路行至断崖的时候，不要担心无路可走，不要老盯着那些约定俗成的方式和方法。世上有很多隐形的道路，它们等着你的慧眼来发现，等着你的双足来踏响。

授人以欲	2	记住长里面的短	28
快乐的真谛	5	不做"垃圾"收藏者	31
牵引之爱	8	做好人生"附加题"	34
转身就是方向	11	比满意更高的境界	36
谎花也美丽	14	隐形的道路	39
向下走的境界	17	半个银锭槽	43
弱种子也要发芽	19	态度也是财富	45
强势鱼	22		
水涨树矮	25		

目录

第二辑　用切口证明自己

很多人因为过多的顾忌，对外界时刻充满戒备，逐渐丧失了袒露真诚的勇气。殊不知，人的真诚就像西瓜的瓤。如果不是恰到好处地切开几道切口示人，大家怎么会彻底地了解你和信任你呢？

身后的光束	48	多大的鱼才算是小鱼	73
用好你的"漏勺"	50	装缸的水	76
母爱总会赢	53	走直路	78
冬瓜也要面子	56	未竟之美	81
记住你自己的事	59	人生至少有两种可能	85
不要老等闹钟催	62	那段经营利器的日子	88
人生就像焖地瓜	64		
用切口证明自己	67		
一条鱼需要多少水	70		

第三辑　你是在等我吗

有人喜欢你,那是你的福气。你如果知道他喜欢的是你,在等的也是你,不妨主动上前,把爱与不爱说开。哪怕你不喜欢他,也不要紧的。在不爱面前,你教他学会放手,给他去等另一个人的机会,这是对方应得的爱的回馈。

别伤害树叶	92	城里的麻雀	114
无私的帮助最清澈	95	麻雀为什么要飞	117
你是在等我吗	98	黑蜂不识花	119
天上飞过流星	100	自从以来	121
蓝宝石	102	原来你们在这里等着我	123
我所经历的中考	104	打开了一本新书	126
一斤水饺	107		
"看树"的红樱桃	109		
穿棉手套的小女孩	111		

目录

第四辑　做你自己的禅师

过早的幸福是用来挥霍的，迟来的幸福是用来珍惜的。离幸福越来越近，走在通往幸福的路上，也是一种幸福。这种由苦及甜、由悲及喜的大团圆式的结局，尽管有些俗气，但那熟悉的烟火味，不正是我们所期盼的吗？

卧面朝下	130	如果只是遇见	163
只有瓜田，没有瓜棚	132	枝乱我不乱	165
物佛	134	骗蒜	167
静物纳垢	136	误恨	169
拿走烟灰缸的那个人	138	懂和不懂	171
轻和重	140	给别人求个心安	173
做你自己的禅师	142	长得挺好看	175
不完美的父爱	145	愉悦情绪	177
禅师和顽童	149	低头的实用价值	179
松针沾月露	153	坏到一定程度	182
组词填空	156	菩萨没有真假	184
会移动的树	158	离幸福越来越近	185
动静有真意	160		

第五辑　红豆角的味道

我们常讲生态平衡，其实生态薄如蝉翼，一不小心就会被打破。任何一个物种的衰退和灭绝都不是偶然的。蝉也许正走在向人类告别的道路上。但愿未来，我们不只是在古诗词里听得到蝉鸣。

心之故乡	188	中秋节的故事	217
峙密河里的鱼	190	白杨树林	220
望仙院的野菜	192	吡吡金、灯火炮和火老鼠	222
一对草锤	195	临沂糁	225
一张老照片	198	山山牛	228
梨园惊梦	200	怀念蝉	231
老果园	202	进化看得见	234
乡村冰棍	204	向日葵童话	237
乡村电影	207	树林子、鸟儿及其他	239
小厂	210	红豆角的味道	243
小女的游戏	212	故乡无大雪	246
一地白菜	214		

第 一 辑

记住长里面的短

当人生遇到困惑的时候，当行路行至断崖的时候，不要担心无路可走，不要老盯着那些约定俗成的方式和方法。世上有很多隐形的道路，它们等着你的慧眼来发现，等着你的双足来踏响。

弱种子也要
发芽

授人以欲

有位工人师傅,在工厂里干铆工,工资不多,也就800元多一点。

妻子下岗后,买了台小型豆浆机,在闹市街头给人家磨豆浆,一天也就挣个十块八块的。夫妻俩没钱买楼房,带着刚上小学的女儿住在简易而低矮的破瓦房里。他们省吃俭用,一个月的收入勉强能够维持生活。

他们一家人,过的可以说是清苦而典型的小市民生活。

离他们家不远的地方,刚建成了一家文具超市。每到周末,工人师傅都要带着女儿到文具超市里转上一两圈。里面的文具琳琅满目,非常精美,而且价格不菲。女儿站在文具架前,小心翼翼地拿起一件文具,凝神观看着,爱不释手。

来这里的头几次，售货员以为他们是在为购买哪款文具而犹豫不定。但是当她走过去，热情地向他们推荐某一款文具时，父女俩总是微笑着，不置可否。售货员深感困惑，摇摇头走开了，任由他们在那里观看。

自从文具超市开业以来，工人师傅记不清带着女儿来过这里多少次了。可是，他从来没有为女儿买过一样文具。

在他们家附近，还有一座豪华的酒店。无独有偶，这位工人师傅也经常带着女儿到酒店大厅里去玩耍。女儿特别喜欢坐在那些宽大的沙发上，细细地感受它们的柔软、舒适与华贵。她还喜欢趴在沙发扶手上，专心致志地观看那些服务生热情地招呼客人，提供无微不至的服务，或者观看他们笔直地站在柜台前，一丝不苟地磨咖啡。

有一次，一名服务生终于忍不住，好奇而又友善地问工人师傅："您为什么总是带女儿来这里？"工人师傅笑了笑，直率地说："不瞒您说，我家里很穷。我们虽然没钱在这里消费，但是我想给孩子一个希望，想让孩子知道世上有那么多的美好和富足等着自己去努力、去追求……"

那一刻，服务生的心里溢满温暖，眼睛禁不住湿润起来。工人师傅别出心裁的教育方法，深深地打动了她、鼓舞着她。

我们常说："授人以鱼，不如授人以渔。"读了工人师傅和他女儿的故事后，这句谚语的外延应当有所扩展：授人以渔，不如授人以欲。

当然了，这里所说的"欲"，并非贪欲，它指的是一个人所应具有的开阔眼界和永不衰竭的进取精神。不论你是贫穷，还是富有，一旦缺少了这种正常的"欲"，人生的一切将无所依附、无从实现。

快乐的真谛

有一位少年师从一位名厨学习厨艺。

名厨对厨艺非常热爱,他常说的一句话是:"我平生最大的乐趣,就是烹饪那些珍馐佳肴。"他还经常教导少年说:"厨艺,也是一门艺术。艺术无止境。我们做厨师的,要永不满足,努力从一点一滴做起,不断改进自己的手艺,一步一步向大师的境界攀登。"

告别名厨自立门户那天,名厨让少年给他做一道鸡蛋汤。

这几年的厨艺自然不是白学的,少年很快将一碗鸡蛋汤端了上来。

洁白的瓷碗中,疏密有致地飘着形似花瓣、薄如白纸的蛋片,果然是一碗十分精致的靓汤!

名厨扫了一眼，摇了摇头，亲自站到了灶台前。

没多久，另一碗鸡蛋汤呈现在眼前。碗中的蛋花，如天女散花般缤纷地漂浮着，鲜美的气息袅袅地袭来。

名厨对少年说："将鸡蛋磕破，需要一个速度。动作越快，蛋黄和蛋清越不易粘上鸡蛋外壳的气味，做出来的鸡蛋汤也越鲜美。我这碗鸡蛋汤的味道之所以胜过你那碗，道理全在这里。其实你的悟性很高，只要用心琢磨，假以时日，厨艺定会超过我。"

二十多年后，师徒重逢，少年已到不惑之年，名厨也过了花甲之年。

少年微笑着说："恭喜您老人家，厨艺已臻化境！"

名厨呵呵一笑说："可是你的厨艺还停留在原来的层次呀！"

少年没有马上解释，而是问道："师傅这些年过得快乐吗？"

名厨显然想不到少年会有如此一问。他稍微愣了一下，紧接着自信地回答："快乐呀，钻研厨艺快乐无穷。"

少年说："虽然我的厨艺没有长进，但是这些年我和您一样，也是快乐的。"

少年接着问："如果让师傅放弃钻研厨艺，结果会如何？"

名厨答："痛苦万分！"

少年说："那就对了！各人有各人的本性，各人有各人的快乐。徒儿我生性散淡，能养家就可以了。如果硬要我追随您的厨艺境界，对我也将是万分痛苦。"

名厨沉默了半晌说:"十个人眼里,会有十种快乐。正如十根手指,何须一样长短?没想到自己到了花甲之年,才明白这样一个浅显的道理。"

牵引之爱

有个小伙子，经常到集市上去卖丝瓜。与他为邻的摊位主人是一位老农，老农卖的也是丝瓜。奇怪的是，每次都是老农的丝瓜先卖了出去，只有等老农收拾家什走了以后，小伙子的丝瓜才能卖得动。

小伙子感到非常纳闷。有一次，他偷偷地截住了老农的一位顾客，说出了自己的困惑："我的丝瓜又长又嫩，你们怎么不买我的呀？"这位顾客实话实说地告诉小伙子："不错，老农卖的丝瓜又长又嫩，你卖的丝瓜也是又长又嫩。只是老农卖的丝瓜直得好像一把尺子，削皮的时候很顺手，而你卖的丝瓜弯弯曲曲，削皮的时候磕磕绊绊，有些麻烦。"

小伙子把自己的丝瓜不好卖的原因找到了，可是怎样才能让自己的丝瓜长得笔直,好像一把尺子呢?小伙子想,老农一定有秘诀。于是,在一次集市结束之后,小伙子偷偷地跟着老农,来到了老农的丝瓜地里。老农的丝瓜密密麻麻地从丝瓜秧上垂了下来,青翠欲滴,一看就知道老农是位侍弄丝瓜的高手。而且,小伙子还惊奇地发现,老农在每个丝瓜的头部位置都系了一条麻绳,每条麻绳的下端又拴了一颗小石头。由于高度的差异,这些拴在麻绳末端的小石头错落有致、独具一格,显得很有情趣。

小伙子恍然大悟,老农的丝瓜之所以长得笔直,完全是小石头的牵引力的作用。回到家里后,小伙子找来一些麻绳,开始模仿老农的做法。一开始,效果并不理想:有的丝瓜因为拴在麻绳末端的小石头太轻,根本没起到牵引的作用,丝瓜照样长得弯弯曲曲;有的丝瓜因为拴在麻绳末端的小石头太沉,居然把丝瓜拽成了两截,得不偿失。好在经过反复揣摩、反复试验,小伙子终于取得成功,种出了笔直的丝瓜。

牵引这个词,从字面上可以理解为:伸出一只手去,把对方引导过来。伸出去的手,代表的是爱。拴在麻绳末端的小石头,代表的也是爱,一种牵引之爱。很多时候,我们希望把这种"小石头"式的牵引之爱给予身边的人。只是这种爱,也是需要磨合的。浅尝辄止或者过犹不及,都不是我们所盼望的。

你要记住:亲人伸出去的手以及他们设置在你身前、看似羁绊的"小石头",是你成长经历中不可缺少的牵引之爱。在学会接受

牵引之爱的同时,也希望你能够及时伸出手来,抛出你的"小石头",给予你所爱的人以正确的、温暖的,而且是完全能够承受的牵引。

转身就是方向

在巍巍群山的环抱之中,有一条四五米宽的小河蜿蜒流淌。我们此行的目标是:从这条小河的源头出发,抵达小河与另一条河流的交汇处,全程考察小河的流向,绘制小河流程图。

小河的源头位于一座无名的山涧之间。从山涧出发,向东行进,此时东面是我们的前面,也就是我们前行的最终方向。顺着小河的流向,我们从西向东行进了十几公里的路程,前面突然出现了一个不起眼的小山坡。山坡虽小,却阻断了小河前进的步伐。机智的小河调转头来,温柔地依附着小山坡,不动声色地拐了个弯后,完成了转身的动作,缓缓地向西回流了过去。

随着小河流向的转折,我们也随之掉头,转身西行。西面,即

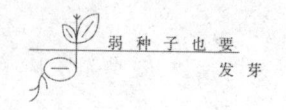

原先我们的后面，现在又成了我们的前面。小河向西回流了大约有五六公里的路程，前面出现了一片村落，地势自西向东倾斜了下去。站在附近的制高点，我们发现小河流到了这里以后，绕着那片绵长的村落划了条优美而闪亮的弧线，沿着西高东低的走向，重新向东流了回去。

我们追逐着小河新的流程，再次掉头并转身，东面也再次成为我们的前面，成为我们前进的方向。向东继续前行了十多公里后，小河终于找到了出口，潺潺地流淌着，汇入了另一条河流。

站在河流的交汇处，同行的老孙感叹着说："河流是我们的老师啊！当人生走到无路可走的时候，也许转身就是方向……"

我对老孙的话深有同感，并且联想起了另外一件事情：家乡野蚕的行踪也具有类似河流转向的特征。当它们自下而上吃光了一个枝条上的树叶后，总会转过身去，将后方变成前方，将来路视为出路，重新出发，去寻找下一个蚕食与生存的空间，不断占据新的枝条。

另外，在一个偶然的机会里，我还听到了英国物理学家克里克转行的故事。第二次世界大战期间，克里克在英国海军部从事水雷研究制造工作，为战争的胜利立下了汗马功劳。但是在战争结束后，当时的物理学界刚刚经历了相对论和量子力学两场伟大的革命，物理学已进行到了常规发展阶段。克里克敏锐地意识到，在物理学领域内，短时间很难做出大的动作来。而生物学相对来说，还是一个有待开垦的广阔领域。在这种情况下，克里克果断地放弃了自己熟悉的物理学领域，毅然转过身来，投入了生物遗传学的研究工作中去。后来，通过坚持不懈的努力，克里克与另外两位生物学家共同发现了 DNA 双螺旋结构，于 1962 年同获诺贝尔奖，成为当代最伟大的生物学家之一。

如果不具备善于转身的灵性，细小的河流也许永远不能汇入大海；如果不具备及时转身的本能，弱小的野蚕也许没有足够的能量化蛹成蝶；如果不具备果断转身的胆识，克里克这个名字也许现在已经被世人所遗忘。

有时候，转身就是方向。当被高山阻隔，被天堑拦截，无法直接逾越极限的时候，我们不妨尝试着转一下身，方向的转换，也许可以助你另辟蹊径，从另一个角度通向成功之路。

谎花也美丽

大学毕业后，他在没有任何背景的条件下，开始到社会上闯荡，不料却经历了种种挫折。

先是通过劳务市场进了一家机械厂。他是文秘专业的，没想到进了厂子以后，厂里安排他去干铆工，在尘土飞扬的车间里抡大锤、对接筒体。

这一干就是三年多，厂里的大学生多如牛毛，老板丝毫没有重用他的意思，他终于忍受不住了。在一个静悄悄的冬日，他离开了踏上社会之后的第一个伤心地，坐火车南下来到了深圳。

在这座繁华的都市里，他应聘到一家杂志社做了一名编辑。这是一次难得的机遇，也是一项崭新的挑战。他重新燃烧起希望之火，加倍地努力，加倍地付出，首次接手策划的两个稿件脱颖而出，巩固了他在杂志社的地位。

就在这时，投资商突然撤出，杂志社陷入资金困境，不得不做出了停刊的决定。喝完散伙酒的当天，他开始寻找新的出路。

十多天后，他被一家房地产开发公司录用为文字秘书。在这家公司工作了三个多月后，他没拿到一分血汗钱。这时，他才弄清了底细：这是一家以骗取员工廉价劳动力、拖欠员工工资而闻名的"空壳公司"。

努力总是付诸东流，辛苦付出总是收获失望，自己怎么就这么倒霉呢？他孤零零地躲到酒吧里，喝得酩酊大醉。

几天后，他两手空空，黯然神伤地离开了深圳，回到乡下做暂时的心理调整。

在乡下的庭院里，他喝着母亲为他熬的小米粥，眼睛不觉湿润了，继而当着母亲的面放声大哭，把所有的委屈都释放出来。母爱总是宽厚的，默不作声地接纳了他的伤心和失望。

第二天，他随母亲到桃园里翻土。桃园里挤挤挨挨、热热闹闹，开满了一树一树的桃花。每个花枝都灼灼耀眼，骄傲地展示着自己。时光蓦地一晃，他仿佛又回到了少年时代。

那时候，他有十一二岁吧。年少的他站在桃园里，昂着头问母亲："桃树开了那么多花，有很多却是不结果的谎花。我们把这些谎花掐掉，是不是就能节省养分，让那些能结果的花儿开得更旺？"

母亲笑着说:"傻孩子,没有结出果实以前,我们怎么知道哪一朵花是谎花呢?"

回想起这些,他心里微微一颤,思索半响,轻轻吻起了眼前的一朵桃花。

从桃园回到家里后,他马上打点行囊,重新离开家乡,开始了新一轮的闯荡和寻觅。

这次回乡,时间虽短,却使他明白了这样一个道理:人生会有很多花儿开放,没有人会提前预知哪一朵是谎花。人生的努力也有许多种,同样不能预料哪一种会结出硕果。永远不要因为自己的人生当中出现了一朵、两朵,甚至更多的谎花而悲观失望,丧失前进的动力。

自此,他满怀希望,义无反顾地融入茫茫人海和滚滚红尘,同命运开始了不懈的奋斗与抗争。

人生中的谎花,其实也是美丽的。它点缀着我们缤纷的梦境,铺垫着成功之路,让人生之花越开越茂盛,一片灿烂。

向下走的境界

经过十几年的打拼,他终于拥有了自己的"航空母舰":一个下辖十几家子公司的大型集团公司。为了进一步把事业做大、做强,后来公司又招聘了一批新员工,并打算把他们全部充实到各个子公司去。

消息传来,新员工们不满意了。他们都是本科及以上的学历,不理解公司为什么要把自己发配到那些子公司去。

信息反馈到他那里,他思索了一下,把新员工召集到一起,问道:"我记得你们当中有一位是专修园林专业的,能不能站出来回答我一个问题?"我就是那位学过园林专业的新员工。等我站起来后,他微笑着说:"请你给大家介绍一下,天牛幼虫在树木里觅食时,

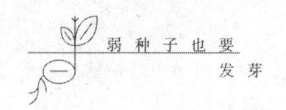

它的行走方向有什么特点？"

这个自然难不倒我。我不假思索地说："按照天牛幼虫行走的规律，它应当是自上而下在树木的身体里穿行。也就是说，如果一根树枝上有好几个虫眼，我们完全可以断定，这个天牛幼虫一定隐藏在最下方的一个虫眼儿里。"

当我介绍到这里时，他立即把话接了过去："说得非常好！大家想一想，天牛幼虫为什么要自上而下地行走？因为它要一直取食最新鲜的木质部啊。这样羽化出来的天牛成虫，才是最棒的、最有活力的。从这个意义上来讲，越是高层的地方越容易破坏掉你们的创造力，而基层可以使你们不断保持活力，成长为最棒、最有发展前途的员工。所以，我希望你们能够像天牛幼虫一样，要学会尝试着向下走，并且坚持不断地深入下去……"

时间一年年地过去了。如今，我们那一批新员工，有很多人已经长硬了翅膀，逐渐从"天牛幼虫"转化为展翅飞翔的"成虫"，占据了公司大部分的高层职位。我也从底层浮出水面，在没有任何背景、任何关系的条件下，完全靠自己的努力，成为一名高级文秘。

回想这个过程，我感触颇深：在众人一开始就把目光瞄向最高层、非要位不居的时候，我们不妨先耐住寂寞，向下走一走。这一走，说不定会越走越有活力，最终闯出一片新天地来呢！

弱种子也要发芽

开阔、坦荡的田野里,一位农民正在种高粱。他把那些瘪粒种子一一挑了出来,只拣饱满的种子种到地里。

这时,一位到乡下游玩的城里人,带着儿子路过这里。城里人的儿子第一次看到有人种庄稼,感到非常新鲜,拽着父亲停了下来,目不转睛地盯着农民的一举一动。农民宽厚地望了他们一眼,报之友好一笑,继续挑他的种子、种他的地。

城里人的儿子把嘴巴附在城里人耳边,父子俩嘀嘀咕咕了半天,不知在说些啥。

不一会儿,他们停止了嘀咕。城里人靠近农民身边,小心翼翼地恳求说:"那些瘪粒种子,你把它们也种到地里好吗?"

弱种子也要发芽

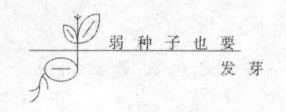

城里人怎么会有这种想法？农民很奇怪。他摇了摇头，果断地说："不可以！我指望着庄稼吃饭呢，瘪粒种子长出的庄稼怎么能保证产量？"

城里人回头望了儿子一眼，沉默了起来。半晌，他以极其隐蔽的动作，掏出一张百元钞票，悄悄塞入农民手中，压低声音说："因为一场医疗事故，我儿子的两只耳朵全聋了。在同龄的小朋友面前，他总是感到自卑。今天，他看到了那些被你抛弃在一边的瘪粒种子，感到很难过，就问我它们为什么受冷落，难道是它们不能发芽吗？所以，我希望你把那些瘪粒种子也种到地里，给我儿子一次鼓励、一个希望。这一百元钱，就算是对你播种瘪粒种子，造成减产的补偿吧。"

农民听了，心中一热，忙把百元钞票推了回去，毫不犹豫地说："这钱我不能收！我这就把那些瘪粒种子种到地里去！你去告诉你儿子，我要把它们种在最肥沃的地段，因为它们发芽的欲望最强烈，我对它们的期望也最高。"

城里人感激地望了农民一眼，快步回到儿子身边，把农民的话告诉了儿子。儿子的眼睛像雨后的两片绿叶，立刻鲜亮了起来。

这双灵性飞舞的眼睛，触动了农民的心事，他抹了一把眼角的泪水，以既夸张又慈爱的姿势，抓起了那些瘪粒种子。瞬间，其貌不扬的它们，纷纷从农民手中撒落，妥妥帖帖地躺在了新鲜、肥沃的土壤里。

城里人和儿子开心地笑了。等他们一离开,农民马上收拾家什,急匆匆向家里赶去。

农夫家中,有一个因车祸失去双腿的儿子。以前,他一直认为残疾儿子是一个废物,就总是把他关在家中,不许他出门。

现在,农夫改变想法了。

"再弱的种子,也要发芽;再嫩的幼苗,也渴望长大!"作为一名种地的老把式,这个道理,他懂!

农夫决心拿出自己所有的积蓄,去最好的医院,为儿子安最好的假肢。他要让儿子开开心心地走出家门,大大方方地发芽、开花,直至结出属于他自己的,或大或小的果实。

强势鱼

那年暑假期间,我作为临沂农业学校的一名学生,从班主任那里领了证明,回乡下老家参加社会实践活动。第一天,正好赶上乡里在搞优质板栗树种普查活动。林业站的郝站长带我来到一个名叫"上岩峪"的村庄,去调查、测量那里的一棵古板栗树。

上岩峪村前,有一条自西向东、依地势顺流而下的小河潺潺流淌着。在夏日阳光的照射下,河面上跳动的水花愈发闪亮、耀眼。我全身幕地被这水花滋润着,说不出的清凉,感觉舒服极了。更吸引眼球的是,在这小河当中,有一位管理区的干部,闲来无事,正戴了一顶苇篾编的草帽,裤腿挽到膝盖,露出一截小腿肚,手中擎着一根自制的简易鱼竿,眼睛紧盯着水面,在全神贯注地钓鱼哩!

我仔细观察了一下，河中那人甩下的鱼饵，沉在河面以下刚好的位置。湍急的水流产生了很大的力量，冲击和裹挟着小小的鱼饵，拽着鱼线，斜斜地飘在河面上。我笑了，水流这么急，鱼儿一般都是顺着水流的方向往河流下方游去，在这种情况下，它们根本无暇顾及眼前的鱼饵。有的鱼儿，恐怕到了鱼饵跟前，也未能发觉有美食在眼前。即使发现了眼前的美食，怕是也来不及张口，忽地就从鱼饵旁边掠过去了。那人怎么能够钓得到鱼儿呢？

可是没多会儿，我看到那人飞快地提起鱼竿，从鱼钩上摘下一条活蹦乱跳的小鱼，放到了一边盛有清水的空罐头瓶里。一条、两条、三条……很快，空罐头瓶里就有了十几条小鱼。它们灵巧的身躯，交错游走在新的空间里，不停地在我眼前晃动着。

郝站长看出了我的疑惑，解释说："那人精着哩，他钓的这是'强势鱼'！"

"强势鱼？"我第一次听到这种说法，非常惊奇。

郝站长介绍说，在湍急的河流当中，大部分鱼儿都是借着水势游向河流下方。它们眼中只有汹涌的水流，所以不能顾及眼前的美食。有了这次错过，也不知以后还有没有机会遇到这样的美食？还有极少一部分鱼儿，在它们眼中，鱼饵是它们唯一的目标，湍急的水流反倒成了身外之物。它们凭借强壮的体力，得以聚精会神，向着鱼饵逆流而进，却不知正游向了陷阱。那人正是抓住了"强势鱼"的特性，才钓到了这么多懵懵懂懂的鱼儿。

弱种子也要发芽

中午,在管理区小伙房里吃着大锅菜、煎饼卷大葱,我仍在想着那些"强势鱼"。一条、两条、三条……它们仍在不断增加着,挤挤挨挨地涌进了我的脑海。

直到现在,我已离开故乡很多年,接近"人到中年"的年龄段,也经历了很多事情,有过多次失败。我觉得,有些时候,或许我们自己就是一条"强势鱼",不自觉地处在某种强势状态之中。当我们顶着各种阻力,盯牢眼前的目标,志在必得的时候,我们是不是可以暂时停下来,好好地想一想,自己这么干,是不是明智?有没有必要?值不值得?

停一停,想一想,总是有好处的。这样做,可以帮助我们突破"强势鱼"的局限,明确理想的目标,明白真正想要的东西,把强势用到合适地方,用得恰到好处。

水涨树矮

有一年夏天，我和一位要好的朋友去爬山。中途路过一条大河时，突然下起了暴雨。我们躲在山脚下一座废弃的茅草屋里避雨。等暴雨停歇下来后，我看见原先停泊在河岸边的铁船，随着不断上涨的河水雄壮地漂浮起来。我禁不住赞叹说："今天我算是见识到了什么是水涨船高，那些铁船好威风啊！"

"水涨船高？是吗？"朋友跺了跺脚上的泥巴，不经意地望了我一眼，指着河边被浪花淹没了大半截的树木说："我怎么更欣赏那些浸泡在河水中的树木呢？在我心中，我总觉得那些浸泡在河水中的树木，远比漂浮在河面上的铁船更加真实。漂浮着的铁船高高在上，虚幻而没有根基，一旦暴涨的水位下跌，它的地位也会随之

一落千丈。而浸泡在河水中的树木就不同，不论河水暴涨还是下降，它们始终保持着本身固有的高度，不被他人左右。"

在暴涨的河水面前，我和朋友所看到的，分别是漂浮在河面上的铁船和浸泡在河水中的树木。

后来，在一份资料上，我偶然看到了时任国家电网公司刘振亚同志的独到见解："在成绩和荣誉面前，不是水涨船高，而是'水涨树矮'。我们不是船，而是河边的树，河水上来了，树看起来就矮了……"他还说，上级部门给了我们一些荣誉，领导一表扬你，成绩被肯定了，你工作的"资本金"就相对减少了……

这是我第一次听到"资本金"和"水涨树矮"这两种鲜活的提法。

依我的体会，"资本金"就是本钱的意思。你在工作中做出了成绩，自然就有了值得自豪的本钱。如果拿"资本金"去为自己的享受铺路搭桥，以当之无愧的心态接受上级所给的物质奖励或者荣誉奖励，你历年来所积攒的"资本金"必将被这些荣誉或者物质抵消一部分。如果过分追求物质享受，过分向社会索取，这些代表个人本钱的"资本金"将会被全部抵消掉，甚至还会负增长，让你欠债累累，在众人面前抬不起头来。

按照这个理论，如果把河水比喻为荣誉，把凭借自己的努力获得荣誉的人比喻为树木或者船只，你是想做"水涨树矮"、荣誉等身的树木呢？还是想做"水涨船高"、欲望升腾的船只？

每个人的视角不同，境界也存在差异。在滚滚而来的河水面前，大家看到的东西也不会完全一样，所做的选择也会有所区别。有的人沉溺于"水涨船高"，欲望疯长压过荣誉的增长；有的人坦然于"水涨树矮"，心态始终保持平稳，待人接物进退有序。不同的选择，往往会导致不同的结局。误入歧途，通常是因为一念之差。

"水涨船高"，高处颠簸飘摇，不胜寒冷；"水涨树矮"，任尔东西南北，我自岿然不动。为了守住自己的根基，不被可怕的欲望掀翻，我想，还是保持平稳的心态，珍惜自己的成绩，爱护自己的荣誉，去做一棵"水涨树矮"的树木吧。

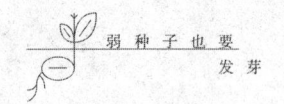

记住长里面的短

犹记乡下老家的小河,活跃着白条、花翅子、泥鳅等鱼儿。

在这些鱼儿当中,有一种叫作"沙里趴"的小鱼。它们的体色浅褐而清淡,与河沙的颜色极为接近。这种天然的体色,正是沙里趴的优势所在。它们将这种优势演变成为族类的长处,专门在河沙积聚较多的河段做窝和栖息,凭借与河沙相近的体色,躲避天敌的袭击。

沙里趴的这一长处,似乎非常完美,无懈可击。实则不然!我曾仔细观察过故乡的小河,凡是有河沙的地方,都是水流较为舒缓、河底较为清浅的地段。这样的地段,比起那些污泥堆积、河石交错、水草覆盖的河段,更容易进入人们的视野,引起人们的注意。而且,

第 一 辑
记住长里面的短

在沙里趴栖息的地方,沙里趴总会把河沙弄成一处浅浅的窝状。它们要在河沙上面排泄生活垃圾,还要在窝边产下颗粒状的鱼卵,松松散散地聚拢成一堆。这些,都成为人们识别和寻找沙里趴的标志。沙里趴遭遇捕捉的概率因此加大。

我曾捉过很多的河鱼,这些鱼,或大或小,各种体形的都有。这其中,也包括沙里趴。但在我的印象中,沙里趴清秀且微小,永远是一副小拇指大小的模样。我在乡下生活了二十多年,似乎从来没有见它们长大过,也从来没有遇到过一只超过小拇指大小的沙里趴。生活中,它们总是在来不及长大的年龄段,就遭遇了致命的袭击。是沙里趴的长处,导致了它们体形的微小和生命的衰亡。

在乡下,行走在肥沃的田野里,时不时还会看见几口或深或浅的圆口井。这些圆口井,都是用石块垒成。被井水浸润的石块之间,说不定在哪个方位就会隐藏着一只凶猛的井蟹。

小时候的我们,无师自通,琢磨出了很多解闷的方法。捉井蟹,即是其中之一种。

就地取材,找一根长度几可触及井底的木棍,从井边折一根狗尾草,用麻绳绑缚在木棍顶端。将木棍伸到水面之下,靠近井壁附近,轻轻摇动着狗尾草,耐心地挑逗着,凝神屏气地等候着。终于,一只耐不住寂寞的井蟹,探头探脑地伸出了夹螯,经过反反复复地试探、拉锯般的进攻和后退之后,果断地夹紧了狗尾草。这时,快速提起木棍,撤至井沿以外的平地,湿淋淋的井蟹仍夹紧了狗尾草,舍不

得放开。虽霸气犹在，但无奈已是旱地之蟹，离开了温润的井水和错落的井壁，空有一副生猛的夹螯，却逃脱不了人类五指的掌控。

井蟹的夹螯，粗壮、威猛，优势得天独厚，用以捕食和自卫，绰绰有余，可井蟹往往因一螯一念而亡命。它们自恃利螯在身，总是禁不住捕蟹者的挑逗，而且是越遇挑逗，气势越盛，不压过对方的气焰决不罢休，结果葬送在了于己并没多少食用价值的狗尾草上面。

拥有长处，是于己有益、令人自豪的事情。但长处也往往令人自负，在不经意间伤人。

长处并不是百分之百的长处，也没有绝对纯粹的长处。百分九十九的长处当中，可能还会隐藏着百分之一的短处。长处因而是相对的，需要理性地审视。在大的时候，要看到大里面的小；多的时候，要看到多里面的少；高的时候，要看到高里面的低；近的时候，要看到近里面的远……

记住沙里趴和井蟹的教训。

记住长里面的短。

记住，莫被长处所伤！

第一辑
记住长里面的短

不做"垃圾"收藏者

以《恰似你的温柔》一曲成名,20世纪80年代初便红极大江南北的著名女歌手蔡琴曾在接受记者采访时说:"我觉得人不要做一个垃圾收藏者,总是记着哪些是不好的,哪些是不愉快的,哪些人是对不起我的,等等。要反过来想,尽量看到你得到了些什么……"

不做"垃圾"收藏者,其实反映的是一种积极而乐观的心态。它提醒我们,凡事要善于向前看,只要勇于抛弃生活中困扰自己前进的那些"垃圾",轻装前进,就完全有可能塑造出一个崭新的自我。

生活中的"垃圾",可以是那些令自己不愉快的事情。比如,一次堵车、一次吵架、一次误会、一次尴尬,或者是一次失败、一次失意……当生活中发生诸如此类的事情后,我们不要一味地抱怨,

更不要一味地沉溺于它们的阴影笼罩之中，要尽快将其所带来的坏情绪从自己内心屏除，以阳光而灿烂的心态做好接踵而来的每一件事情。

生活中的"垃圾"，可以是那些令自己失望的人。比如，老是想占你便宜的朋友，总是想方设法排挤你的同事，看碟下菜的亲戚，给你脸色的邻居……对于这些人，不要老记着他们的坏处。你可以多想想他们曾经给你带来的好处，哪怕是一些不经意的帮助与关怀。如此一来，你就可以保持一种平和的心态，或许在此基础上还可以尝试着去改变他们对你的态度。如果实在无法改变他们，就把他们当作不能进行改良和二次利用的"垃圾"，彻底地从自己身边抛开吧。

生活中的"垃圾"，可以是感情上的，比如一次失恋给自己带来的阴影；也可以是物质上的，比如金钱匮乏所导致的人生困窘。不论是感情上的"垃圾"，还是物质上的"垃圾"，都会给人造成拖累。反过来，你如果把它们看轻，把它们抛在身后，它们将会成为你前进的发动机，化为你前进的动力。

生活中的"垃圾"，可以是一次性的，也可以是永久性的。"我有花一朵，开在红尘里……"人活在世上，不可避免地会碰到一些"垃圾"，能不能彻底地将它们消除掉，关键还是要看你的胆略和勇气。

比如前面提到的蔡琴，就曾经经历了许多沉重的打击。但她都能够从容面对，将自己情绪里的"垃圾"逐一剔除，一路踏歌而来，成为流行歌坛的常青树。

蔡琴自称是一个"有喜剧感的人"。这种以喜剧态度处世的乐观心态,也在不知不觉中,潜移默化地传染给了广大歌迷。这也从侧面印证了蔡琴本人善于抛弃"垃圾"所显示出来的魅力与力量。

"某年某月的某一天,就像一张破碎的脸,难以开口道再见,就让一切走远……"这是蔡琴在一次个人演唱会上所演唱的一支歌曲。我们不妨在自己的心底悄悄地许个愿:让所有的"垃圾"都走远!

做好人生"附加题"

"假如人生满分是100分,你给自己打多少分?"

有人这样问霍英东。而霍英东的回答是:"不止100分,起码100多分!"

为什么给自己打100多分呢?霍英东是这样解释的:"几十年来,我不单是自己赚钱,还帮别人赚钱……"

从旧式渡轮上的烧煤工,到进军房地产业,发展成为香港的"土地爷""海沙大王",霍英东的一生充满传奇色彩。他在事业成功之后,投资和捐赠内地50多亿元的壮举更是产生了巨大的社会效应:1979年开始在广州投资兴建白天鹅宾馆,首开合资先河;1983年捐赠1000万港元物资,兴建洛溪大桥,打通了广州与番禺、中山、珠海的交通动脉；1989年开始投资26亿人民币开发南沙，将不毛之地变为珠三角最具活力的区域……

从霍英东的这些经历来看，他给自己的人生打100多分，绝不仅仅是"帮别人赚钱"这么简单。确切地说，是因为他做好了人生"附加题"，"附加题"使他的辉煌人生获得了额外的加分奖励。这些"附加题"，就是除了个人自身需要和发展之外，还应该承担的人间道义，需要履行的社会责任。

我们眼中的"附加题"，很可能就是别人心中的"正题"。霍英东说："我从来没有负过任何人！"这句话从一定程度上体现了霍英东敢于承担人间道义、自觉履行社会责任的积极态度。我们不敢凭这一句话断定，霍英东的一生从未负过任何人。但于我们而言，恐怕连说出这样一句话的勇气都没有。

假如人生的满分真的是100分，我们在事业取得成功、家庭获得幸福、身心保持健康，将人生的分值达到100分之后，能不能力所能及地做好人生"附加题"，将自己提升到一个更高的层次呢？

弱种子也要
发芽

比满意更高的境界

《曲苑杂谈》的编导、相声演员韩兰成在回忆他的师父、已故著名相声演员马季先生的时候，曾满怀深情与敬意地讲过这么一段往事：

有一天夜里，马季先生在江苏省徐州市表演完节目时，已经接近凌晨。一行人正聚集在火车站的休息室里休息并候车，准备连夜乘坐火车返回北京。忽然，休息室的大门被推开了。一群刚下夜班的铁路工人涌了进来，满怀期待地望着马季先生。原来，他们听说自己喜欢的相声演员马季先生在这里休息，就自发地赶了过来，想亲眼看望一下仰慕已久的马季先生。

劳累了一天，正静静地躺着休息的马季先生马上站了起来，热情地跟铁路工人一一握手。更让铁路工人感到惊讶和意外的是，马季先生同他们一一握手之后，居然微笑着问道："难道你们只想看看我，就不想听我说上一段？"大家简直不敢相信自己的耳朵，看一眼马季先生就已经很满足了，怎么敢奢望面对面地听马季先生说相声呢？可是，让人感动的一幕真实地发生了。马季先生把随行的老搭档、同是著名笑星的赵炎先生推了起来，两人当场为大家说了一段相声。

无独有偶。2005年的一天，马季先生做客新浪网聊天室的时候，曾亲口说过这么一件事情：自己母亲去世的那天，他在上海有场演出。遇到这种情况，一般演员都是谢绝演出、在家尽孝。可是，为了不影响全场演出，他还是忍住悲痛，赶到上海准时参加了演出。演出主办方非常感动，特意提出，让报幕员在舞台上报一报这个情况。可是，他断然谢绝了。他说，千万不要报，观众来听相声是为了开心的，跟观众说了实情的话，一块石头压在心里他们就笑不出来了。

细细推敲上面这两段经历，我禁不住对马季先生充满了深深的敬意。做人是要讲究境界的。有一种比满意更高的境界，现在就摆在我们面前，我们把它叫作"感动"。主动追求这种境界，并且已经为我们做出了榜样的，就是马季先生。在很多演员的行为还没有达到让观众满意的时候，马季先生不仅实现了让观众满意的心愿，而且还向着更高的层次迈进，达到了让观众感动的高度。

是什么促使马季先生的人生达到了比满意更高的境界？我想，

肯定是因为马季先生一直把观众当作他的衣食父母,刻在脑海,装到心中,如影随形,诚心诚意对待,不敢有丝毫的亵渎或者懈怠。

"想起我这五十年的舞台生涯,不为钱、不为官,就是想通过表演满足观众对笑的愿望。"

"相声从出生就是直接面对老百姓的,如果把相声拔高到对面没有老百姓,不反映老百姓的心声,它的生命力就不行了。"

"我们这代人,一定要'见大不小,见小不大',就是见到大人物不要畏缩,见到小人物不要傲慢。"

马季先生的这些话语,质朴无华、真实自然,正是他追求并实现"感动"境界的有力佐证。

不仅要让观众满意,还要让观众感动。马季先生的风范大气、敦厚且温暖,永远值得我们推崇与效仿。

隐形的道路

故乡依山而立。山有名，曰"出头山"。

出头山的顶部有三个微凸的崮顶，从东到西依次是马家寨、大顶子、老龙头。远远望去，山体恰如兀立的"山"字。山之上，挺立着成片的黑松、柞树、栗子树和柿子树等乔木，遍布着桲椤、荆条、软和条、酸枣等灌木。乔木和灌木之间的空地上，生长着各种各样的野花、野草，还有柴胡、黄连等多种天然药材。

有一年秋天，柴胡的价格特别高，让人心动。我约了邻家大哥，一起去采柴胡。我们挎着用荆条编成的提篮，扛着镢头，慢悠悠地爬上了出头山。

与雄伟的出头山相比，我们是渺小的。但这不妨碍我们个体意

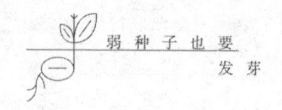

识的张扬。站在高高的山顶，我们就是最高的山峰；穿行在茂密的丛林，我们就是大山的主人。眼前的柴胡，体形俊秀，那么有生机！它们是连绵不断的诱饵，不知不觉把我们引进了密林深处。直到发觉邻家大哥不见了，我感到了一丝恐惧，连忙呼喊起来。邻家大哥听到了，也放开嗓子，和我一呼一应起来。我们很快又聚合到一起，拨开下垂的松枝，绕开绊脚的灌木，专注地采着药材。

回到家里后，我把采来的柴胡摊平，摆在院墙顶部的石板上，等着阳光来晾晒。天空却半阴不晴起来，一连几天都是这样。我很着急！照这样下去，这些柴胡得等到猴年马月才能晒干。这时，邻家大哥来了。他提着一篮子捆成一扎一扎的干柴胡，约我到乡供销社去卖。望着愁眉苦脸的我，邻家大哥笑了："瞧你那傻样，不出太阳，柴胡就晒不干了？"

邻家大哥领着我来到他家。我看到他家的土炕上，残留着一些干柴胡的叶片。

原来，他把土炕烧热，用土炕来烘柴胡，没几天就把柴胡烘干了。

故乡前面有一条小河。当它流到村东时，汇入一个大水汪，然后又从大水汪里流出来，缓缓流向下方。

大水汪中间粗、两头细。入水口和出水口部位都形似瓶颈，水流拥挤而湍急。中间水域像一个大肚子，底部淤积着一层厚厚的淡紫色的泥土，水流舒缓而平静。如果不注意观察，甚至看不出里面的水在流淌。良好的生态环境，吸引了众多鱼虾和水草在这里繁衍生息。

　　有一次，我在大水汪里捉到了一条形似钥匙的小鱼。我满心欢喜，想把它带回家养起来，身边却没有小瓶或者其他容器。没有小瓶或者其他容器，就不能盛水，小鱼待在手里面就会死掉。怎样才能把它安全地带回家去呢？这无疑是一个难题。我想了好一会儿，也没琢磨出什么好办法。

　　就在我打算放弃的时候，我看到了河岸上的一团河藻。这团河藻，是我刚才在大水汪里摸鱼的时候，顺手扔到河岸上的。半个多小时过去了，它仍然饱含水分，一副湿漉漉的样子，墨绿墨绿的，散发着一种特有的腥味儿。我重新下到河里，摸起一团河藻，轻轻地把小鱼包在里面，向家里跑去。

　　到家后，我赶紧翻出一个小瓶，倒进去一些清水，然后小心翼翼地打开河藻，把小鱼放到了瓶中。小鱼入水后，动了动头，摆了摆尾巴，打了一个挺儿，立起身子，欢快地游了起来。

　　我别提有多高兴了！

　　歌曲《隐形的翅膀》里面唱道："每一次，都在徘徊孤单中坚强。每一次，就算很受伤，也不闪泪光。我知道，我一直有双隐形的翅膀带我飞，飞过绝望……"

　　这首歌曲告诉我们，每个人都可能会有一双隐形的翅膀。绝望的时候，我们可以借助这双能够让梦想开花的翅膀，迎风而起、逆势飞扬，进而战胜困难，实现人生的升华。

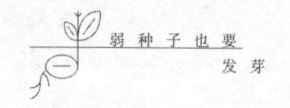

从客观上来看，除了隐形的翅膀，每个人眼前还存在着很多隐形的道路。这些隐形的道路，就像河藻之于瓶子，土炕之于太阳，悄悄地存在于我们的生活当中。当你想干好某件事情时，如果发现眼前无路可走，请不要灰心丧气。这种"无路可走"，其实是一种假象，是你的感觉欺骗了你。那些隐形的道路，很可能就摆在你的眼前，甚至离你只有一步之遥。

当人生遇到困惑的时候，当行路行至断崖的时候，不要担心无路可走，不要老盯着那些约定俗成的方式和方法。世上有很多隐形的道路，它们等着你的慧眼来发现，等着你的双足来踏响。

半个银锭槽

在万里长城的东部起点——山海关老龙头入海石城的城墙上，陈列着一些重达两至三吨的方形石块。

这些方形石块，即是有名的入海石城建筑石。它们是万历七年工匠们修筑入海石城所用的石料。每块建筑石，都在边沿位置凿出一些凹槽。这些凹槽，形似一半银锭，看起来像是半个银锭槽。因为也形似燕尾，所以也称为"燕尾槽"。

砌筑城墙时，两块建筑石左右相并，紧靠在一起。两石相连处的半个银锭槽，跟着并为一个完整的银锭槽。工匠们在银锭槽内注入熔化的铁水，铁水凝固后，就变成了"银锭铆"，将相邻两石连接得异常牢固。几百年来，这些垒砌在一起的建筑石，虽历经凶猛

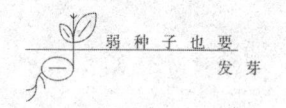

海浪的无数拍击，却始终保持原样，既不移位，也不异形。

人生若想圆满，也离不开建筑石这样的银锭槽。求职受挫的时候，恋爱失意的时候，做生意只赔不赚的时候，干事业坎坷不断的时候……我们缺少的正是这半个"银锭槽"。如果有了这半个"银锭槽"，我们就更容易和他人融为一体，建立亲和而稳固的关系，从而畅通前行的道路。

成功的人生，就是不断修炼自己的半个"银锭槽"，并找到能够和它契合成一个完整"银锭槽"的另外一半。

态度也是财富

在北方有一座建筑精美、保存至今的古老庄园。

这座庄园的院墙,由长长的条形石垒砌而成。相传在建造这座庄园的时候,庄园主人把建造院墙的工程承包给了老大、老二两兄弟。

开工前,庄园主人给了老大、老二每人一袋铜钱。他嘱咐老大和老二:为了让条形石结合牢固,一定要把条形石的上下两个平面打磨平整。实在无法打磨平整的,就在条形石之间的缝隙里塞上一枚铜钱。

两个多月后,院墙砌成了。庄园主人过来一看,很满意。虽然有些条形石之间塞了一些铜钱,但这种做法是他所允许的,且早在预料之中。

弱种子也要发芽

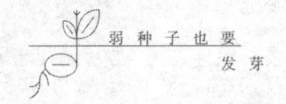

这时，老大站了出来，想把先前庄园主人给他的那些铜钱，还给庄园主人。砌墙的时候，他非常用心，把每一块条形石都打磨得异常平整。庄园主人给他的那些铜钱，一个也没派上用场。

庄园主人却笑了，把那些铜钱重新推给了老大。他狡黠地说："那些铜钱，自打给了你们，就没打算收回。"也就是说，老大、老二手里的铜钱，现在不论剩下多少，都属于他们的了。

望着大把的铜钱，老大高兴坏了。

老二却懊悔极了。他的手艺，本来和老大不相上下，可是接到铜钱后，他失去了打磨条形石的细心和耐心，条形石之间一有不平的地方，就拿铜钱来塞。结果，一枚铜钱也没有剩下。

这个故事告诉我们：态度也是财富！用心做事，往往会有意外的回报。

第 二 辑

用切口证明自己

很多人因为过多的顾忌,对外界时刻充满戒备,逐渐丧失了袒露真诚的勇气。殊不知,人的真诚就像西瓜的瓤。如果不是恰到好处地切开几道切口示人,大家怎么会彻底地了解你和信任你呢?

弱种子也要
发芽

身后的光束

有一位中年摄影家在一档电视访谈节目中谈起自己的母亲,他讲了这么两件事情:

摄影家说,每当他离开老家时,总不让年迈的娘送。有一次,娘也答应了不送,但是走到了村头,当他下意识地猛一回头时,居然发现娘就跟在身后。

还有一次,摄影家离开老家时正赶上黑夜。娘亲自打着手电筒送他出门。来到村口后,他说:"娘,不用再送了。"娘没有说不送,也没有说继续送,默默地握着手电筒站在了原地。等摄影家走出很远的一段路后,他回头一看,从自己的身后射来了一股隐隐约约的光束。光束是从娘止步的地方发出的。娘的脚步止住了,可是娘的爱没有止步。他知道，始终举着手电筒为自己照明的那个身影，除了自己的亲娘，不会是别人！

这位中年摄影家，就是以持续二十余年拍摄摄影专题《俺爹俺娘》而闻名的摄影家焦波先生。1998 年，焦波先生在中国美术馆举办《俺爹俺娘》摄影展。患有严重肺气肿的母亲乔花桂老人带病赶到北京，亲自为儿子的摄影展剪彩，见证了母子情深。2004 年 2 月 15 日，乔花桂老人病逝，焦波先生在山东淄博老家为亲娘举行告别仪式。从那一刻起，娘永远留在了儿子的身后。

有参观者观看了《俺爹俺娘》摄影展后，连夜买了火车票赶回老家看望老爹老娘。两个母送子的细节，更是让人感动得差点掉了泪。

孩提的时候，娘在你前面，怕你摔跟头，怕风吹你，怕雨淋你，不断为你扫除着各种障碍。等你长大了，娘老了，退到了你的身后，像一股照你前行的光束，默默地尾随着你、温暖着你。这种躲在身后的爱，就像光束一样，总是无声无息，如影随形，以致你忽略了它的存在，忽略了它对你的影响。

娘就是你身后的光束。等你长大了，不论你是沉默，还是抱怨，总是跟在你的身后。

娘的爱，像温暖的光束！

弱种子也要
发芽

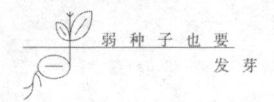

用好你的"漏勺"

儿时，经常看见母亲用一把白白的漏勺，从冒着缕缕热气的菜盆里，向外捞出已经煮到七成熟、青白两色的萝卜丝。

有时候，我从母亲手里把漏勺要过来，好奇地捞着那些萝卜丝。它们不是一下就能捞完的，每次总会有那么一些萝卜丝，伴随着淋淋漓漓的水流，从漏勺密密麻麻的孔眼里漏掉，重新回到菜盆里，成为"漏网之鱼"。母亲平静地微笑着，慢悠悠地说："要有耐心，多捞两下就能捞干净。"

我暗暗地把母亲的话记在了心里，快乐地挥动着漏勺，一次又一次地捞着。直到菜盆里的萝卜丝越来越少，甚至再也捞不出一根的时候，我才停止挥动那把漏勺。揉着发酸的手腕，望着清汤寡水、被我打捞一空的菜盆，我小小的心中居然也充满了一种成就感。

后来我长大了，到外地一座小城求学。几易寒暑，刻苦攻读的困难，终于以优异的成绩迎来了毕业。一开始，我跑了好多家公司寻找工作，那些公司总是以各种理由推托，没有一家肯接纳我。面对求职不顺，我并没有灰心。因为我觉得一直有一把"漏勺"，明晃晃地悬在我的眼前。它始终引导着我、激励着我，促使我为了心中的希望而不停地奔波。跑遍小城之后，我终于找到了理想的工作。

再后来，我年龄不小了，该成家了。成人的责任感，驱使我开始寻找自己的爱情。可是我当时穷困潦倒，在城里孤身一人，无依无靠，没有什么家底，很多女孩都不看好我。我像一只孤雁一样，独自飞来飞去，过了好长时间形单影只的日子。但我还是没有放弃，因为我又看到了儿时的那把"漏勺"。我坚信一定能找到青睐自己的"白雪公主"。果然，在接触了更多的女孩之后，我的爱情终于降临了。

我常想，每个人的手中都会有一把"漏勺"。我们虽然卖力地挥动着这把"漏勺"，但总会眼睁睁地看着好多我们喜欢的、需要的、有价值的东西，悄然从指缝间溜走。这种现象提醒我们，人生其实是需要成本的。这种成本不仅仅指金钱等方面的物质投入，还有一种更重要的无形的成本，那就是"努力"。

与金钱等物质成本相比，"努力"体现了个人毫不懈怠、原始积累、滚动发展的过程，是一笔更为宝贵、更为持久的精神财富。

我们应该更加注重这种无形成本的投入,把"努力"当作一种享受、一种快乐。不论眼前的困难有多大,失望带来的打击如何沉重,我们都不应该放弃自己的追求,而是要乐观地挥动手中的"漏勺",耐下心来,多捞两下,多给自己一次成功的机会。

母爱总会赢

他很少谈起他的母亲。

有一次,一位最亲密的朋友同他谈起了这个话题。他沉默半晌,看似轻描淡写地讲述了母亲与自己的三个片断。

小时候,母亲对他要求特别严格。有一天,他同本村的二狗子发生了争执,一怒之下用石块把二狗子的头打破了。二狗子的父母领着受伤的二狗子找上门来。母亲非常生气,打了他两巴掌,然后让他给二狗子道歉。他感到自尊心受到了伤害,扭头就向外跑,身后传来母亲愤怒的呼喝:"不给二狗子道歉,你就别回这个家!"

他丝毫没有给二狗子道歉的意思,在野外的老楸树底下一待就到了半夜。

弱种子也要发芽

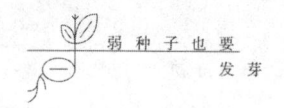

他对朋友说，这次，是母亲输了——半夜里，她打着手电筒，焦急地喊着他的乳名，找到老楸树底下，把他领回了家中。

上大一的时候，他在校内谈了个女朋友，两人卿卿我我，整天黏糊在一起。母亲不知道从哪里得到了这个消息，托人给他带来口信，提醒他不要沉溺于爱情而耽误了学业。他呢，依然我行我素，沉醉在爱情的天空里。母亲万分着急，专程从乡下赶了过来。母亲说："我不是来看你女朋友长相丑俊的……"她劝儿子多抽时间学些东西，提前做好考研准备。她说，到时候如果考不上研究生，不准儿子进家门。

"这次还是我赢了！"他对朋友说，"我根本就没打算考研，赌气连着寒假、暑假两个假期都没有回家。最后还不是母亲找到学校来，亲自把我请回了家里？"

大学毕业的时候，他早早在城里联系好了工作单位。不料，曾经当过母亲班主任的老校长找到了母亲，说是镇中学缺个英语老师，问母亲能不能动员儿子回镇中学任教。母亲听从了老校长的建议，多次给儿子吹风，让他为乡下的娃儿着想，回来支援老家的教育事业。母子之间的较量再次开始了。母亲快言快语地告诉他，要是留在了城里，就别再回来看她，就当没有她这个娘。

"这次母亲又输了！"他有些得意地说，"我现在在城里不是混得很好吗？母亲不是说不愿意再看到我吗？可她最终还是主动地来到城里，帮我们看孩子和做饭……"

朋友是学哲学的，听完他的叙述后，发出一声长长的叹息。

他颇为不解，问朋友为何会有如此惊心的一叹。

"真的是你赢了吗？"朋友摇了摇头说，"不要同母亲较劲，更不要同母亲论输赢。不论过程怎样，母亲都会输掉。因为儿子是母亲身体和灵魂上都不可分割的一部分，在针尖对麦芒的较量之中，即使儿子输了，输掉的也是母亲的心肝。"

听了朋友的点拨后，他愣在了那里："我和母亲，到底是谁赢了呢？"

朋友一字一顿地说："赢了的不是你，而是母爱！"

赢了的是母爱！朋友的话犹如一声惊雷，将他的心绪轰炸得无比纷乱。

他辗转反侧，彻夜无眠，终于想通了一个道理：儿子是不应该把母亲视为对手的。因为母爱能够打败自身产生的所有的对儿子的恨。即使恨有千万钧，在儿子面前，母爱总会赢！

弱种子也要
发芽

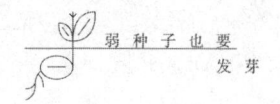

冬瓜也要面子

在他的印象当中，妈妈对他们兄妹俩一直是十分宽容的。

记得小时候，有一天，他和妹妹在家中玩耍，不经意间，他拉开了抽屉，发现有五角钱静静地躺在里面。那时，他看中了一本连环画，正愁没钱买。这下，机会来了！他趁妹妹没注意，把五角钱揣到了兜里。

后来，爸爸拉开抽屉，发现少了五角钱，很恼火，要兄妹两人主动把五角钱交出来。

这时，妈妈站了出来，委婉地对爸爸说道："这五角钱，不一定是孩子拿的。好好想一想，也许是我和你放错了地方呢。"接下来，妈妈和爸爸带着兄妹俩，来到了房子外面。妈妈说："现在我们轮流到房子里走一次,每个人在里面待上五分钟。如果那五角钱在自己手里,或者想起来把它放在哪儿了,就把它放回抽屉里去。"

说完,妈妈第一个走到房子里。五分钟后,妈妈出来,爸爸又进去了。轮到他走进房子时,马上从兜里掏出那五角钱,拉开抽屉,放了进去。做完这些,他如释重负,长长地舒了一口气。

事情完全按照妈妈预想的方向发展。妈妈很开心,要做冬瓜炖排骨给他们吃。那是一个有两巴掌大小的冬瓜。妈妈握紧了带蒂的一端,另一只手拿着刮刀,开始给冬瓜去皮。刮刀刮到蒂部,还剩很小一圈冬瓜皮的时候,妈妈停下来,没有再刮。他问妈妈:"为什么要留下这一小圈冬瓜皮?"

妈妈笑着说:"人要脸,树要皮。冬瓜也要面子,只有给它留点面子,它才会听你指挥。"他不信,从妈妈手中接过刮刀,想把剩下的那圈冬瓜皮去掉。结果,真如妈妈所言,去了皮的冬瓜滑溜溜的,手掌很难握得住。他费了好大的劲,直到刮刀把手掌划开了一道血口子,最后才把剩下的那圈冬瓜皮刮掉。

望着他的狼狈样儿,妈妈把他揽到怀里,心疼地说:"看见了吧,浪费时间和体力不说,还弄伤了自己。这就是把冬瓜弄得光溜溜,一点面子都不给它留的代价。"

冬瓜也要面子!他终于理解了妈妈的苦心!那五分钟的宽容,虽然发生在短暂的瞬间,却一辈子刻在他的脑海里。

很难想象,那天,如果妈妈一点面子也不给他留,让他当着家

人的面掏出那五角钱，会对他的心理造成什么影响。那样，他所犯的错误，将再也得不到改正的机会。或许，他还会像那个被刮光了皮的冬瓜一样，叛逆成一个谁也管教不了的坏男孩。

庆幸的是，这些令人沮丧的事情并没有发生。妈妈替他守住了面子的"底线"，给他留下了回头的余地。

直到今天，他还记着小时候那一幕，还记着母子间那浓浓的亲情。"冬瓜也要面子"这句话仿佛一把永不熄灭的火炬，照亮了他的人生旅程，使他的心地更善良，待人也更宽容。

记住你自己的事

很多人找到大师,诉说教育孩子的烦恼:

"我的孩子不争气!"

"我的孩子不成才!"

"我的孩子太伤我的心!"

"我的孩子太令我失望!"

……

大师耐心地倾听着众人的倾诉。

等到众人安静下来时,大师开口问大家:"在大街上卖竹签馒头的王二,大家都认识他吗?"

众人点点头。他们经常去王二那里买竹签馒头,自然认得王二。

大师缓缓地说道："竹签馒头又高又细，需要放在特制的竹签蒸笼里，插在长度整齐，而且分布均匀的竹签上蒸熟。竹签是笔直的，在它的固定作用下，蒸出来的馒头能够保持笔直的体形。同时，因为插了竹签，馒头底部多了一个透气的地方，可以排出面粉发酵时所产生的气体，所以馒头出笼后松软筋道，非常好吃。王二家的竹签馒头因而不愁卖。"

众人又点点头。王二做的竹签馒头确实好吃，大家都喜欢买。

大师话锋一转："有一阵子，王二有心事，做竹签馒头的时候心不在焉。竹签的长度，都是工匠们依据竹签馒头的高度斟酌好的，短一分不可，长一分也不可。王二因为分心，很多竹签没能插在馒头正中，而是从馒头底部斜穿而上，将馒头洞穿了一个小孔。这样蒸出来的馒头，顶部极易歪斜，影响馒头的美观，也损害了馒头的风味。所以呀，有一段时间，王二家的竹签馒头就不好卖。"

众人再次点点头。是有那么一段时间，王二家的竹签馒头不好吃，不好卖。

大师接着说："对孩子而言，家长就是这样的一根竹签。我们在做这根竹签的时候，应该坚持不偏不倚的原则，正确抵达孩子内心，促使孩子身心通透，成就高尚品格。"

众人凝神倾听。

大师话锋又是一转："但是，争不争气，成不成才，是孩子的事。争多大的气，成多大的才，也是孩子的事。别管孩子如何，也别管舆论如何，你只需要记住你自己的事，做好那根竹签，别插偏了就行。"

众人细细领会大师的话语。

大师继续说道："希望各位家长找一个合适的机会，把我讲的这些话，讲给孩子们听。请告诉孩子们，家长们有家长们的事，他们也有他们自己的事。不论成长的路途多么坎坷，一定要请孩子们记住他们自己的事，争他们自己的气，成他们自己的才。"

最后，大师总结说："当孩子成年以后，希望有这么一天，孩子们可以理直气壮地说'我问心无愧了'，家长们也可以理直气壮地说'我问心无愧了'。这样一来，我也可以理直气壮地说，我也问心无愧了。"

众人报之以热烈的掌声。

弱种子也要发芽

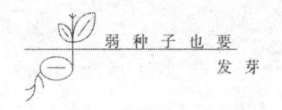

不要老等闹钟催

我有个用闹钟定时的习惯。每天晚上睡觉前，总是将闹钟响铃的时间定在 6 点 30 分。

前些日子，母亲到城里来看我，在这里暂住了一段时间。每天早上，闹钟一响，当我睁开眼睛的时候，总是发觉母亲早已坐在我的身边。看到我睁开眼睛后，母亲轻轻地拿起闹钟，将定时开关关掉，然后继续坐在我身边，慈祥地望着我。直到我开始起床，她才起身离去，为我准备早餐。

有一次，我问母亲："您每天起床为什么这么准时？"母亲微笑着说："我年轻的时候就养成准时起床的习惯了。不像你们年轻人，老等闹钟催，就是有了闹钟催，有时也会睡过头。闹钟嘛，容易使人养成惰性。儿呀,我看你还是改一改这个习惯吧!不要老等闹钟催!"

"不要老等闹钟催!"母亲的话语使我感到脸皮微微发烫。我想起了自己用闹钟定时的一些经历:有时候是闹钟刚响,关掉定时开关后,还想眯眼再睡一会儿,结果这一睡就睡过了头;有时候是闹钟响了很长时间,自己猛然惊醒,这才意识到起床起晚了,耽误了一些时间。

静下心来想一想,闹钟可以比喻成促使我们起床的一个外力。有时候,借助外力可以提升实力,加速进程。但是如果过多地依靠外力,一味地等待外力来启动和助跑,有时候反而不如自己直接发力启动得快,也不如自己直接发力对目标的冲击力大。

"不要老等闹钟催!"起床是这样的,做其他事情也是这样的。比如对分内的工作,要注意培养今日事今日毕的习惯,不要老等着上级这只"闹钟"去催,以免影响整体效率;再比如对朋友的承诺,不要老等着朋友这只"闹钟"去催,要尽早兑现,以免失信于人。

过多地依靠外力,就变成了依赖。凡事要多一些主动,少一些被动;多一些积极,少一些懈怠;多一些行动,少一些观望。积极向上的人生,才是充实的人生。

人生就像焖地瓜

焖地瓜，是和倒地瓜联系在一起的。

小时候，家里很穷，粮食也不多。每年秋收过后，母亲总是扛着镢头，挎着荆条篮子，带着他去地瓜地里倒地瓜。

倒地瓜的"倒"字，在这里是作为一个动词使用的。所谓"倒地瓜"，就是到收获完的地瓜地里，重新用镢头翻一翻，找一找，看看有没有遗漏下来的地瓜。倒地瓜是有技巧的。遗漏下来的地瓜，主要位于活着的地瓜秧下方或者地面裂纹下方。因而要注意寻找残留下来的，依然活着的地瓜秧，或者是选择地面有明显裂纹的地方下手。

母亲是一位既聪慧又细心的农村妇女，每次总是能够倒了十几个，甚至二三十个地瓜。

母亲是慈爱而大方的。虽然倒到的地瓜很珍贵，但是她每次都坚持焖地瓜给儿子吃。

焖地瓜是非常有野趣的一件事情。母子俩找到一处土坡，将荆条篮子放在地上。母亲握紧镢头，小心翼翼地挖出一个窑洞。窑洞的入口形似灶膛口，洞内圆而阔，像个鼓鼓的蛤蟆肚子。出口形似沟渠，沿着一定的坡度倾斜而上。他们挑出四五个细长形的地瓜，依次架在窑洞出口处。然后捡来干柴和玉米秸，续进窑洞内，用火柴点燃。红红的火苗努力向上窜动着，顺着窑洞出口倾泻而出。架在出口处的地瓜，开始被炽热的火苗舔舐着、亲吻着……

母子俩蹲在地上，注意观察着。地瓜的一面烤熟了，就把它们翻过来，再烤另一面。

当玉米秸或者干柴所剩无几的时候，地瓜通常是外熟瓤生，只有六七分熟。母子俩对视一眼，心领神会，同时用木棍把地瓜推到窑洞里，落到红红的炭火上。随即连续捧来干土，手忙脚乱地把炭火和地瓜覆盖起来。覆盖及以后的过程，就是"焖"。大约半个小时左右，再扒开覆土，取出地瓜，一股醇厚而独特的香味扑鼻而来。这时候的地瓜，吸收了积聚在泥土中的热量，经历了热气的高压熏蒸，完全熟透了，剥掉外皮即可享用。

第一次焖地瓜的时候，他不明白"焖"的能量为什么会有这么大。问母亲，母亲只是说，火候不到的时候，需要焖一焖。那时候，幼小的他完全沉浸在母爱光辉的笼罩之中。因为从未经历过挫折和

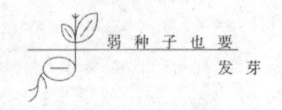

苦难，所以也就没有过多地在意母亲的话语。

后来他长大了，开始到外面去闯荡。历经艰难困苦后，年少不再，青春已逝。步入而立之年的他，有了自己的事业，也有了自己的妻子和孩子，逐渐变得成熟起来。这时的他，重新记起了幼时随同母亲焖地瓜的情景。他开始慢慢品味母亲说过的那句话：火候不到的时候，需要焖一焖。

他终于读懂了母亲的话语，也为自己的成功找到了注脚。

人生就像焖地瓜，不可能一蹴而就、一帆风顺。当明确了目标，苦苦追求而不得的时候，尤其需要承受烟熏火燎的浸染，在暗无天日的日子里焖一下，方能通向成功之路。

用切口证明自己

小时候，我家住在乡下，和爷爷在院外的空地上种了一片西瓜。辛辛苦苦地浇水、施肥、除草、捉虫……到了盛夏，西瓜长得硕大溜圆，剖开一个，咬上一口，甜到心窝。

西瓜太多，一时半会儿吃不完。我和表哥摘了满满一三轮车西瓜，推着到镇上去卖。虽说这些西瓜都是熟透了的沙瓤瓜，可是到了集市上人家都不相信。我切开了一个西瓜做样本，人们又都说这是提前挑好的。

到了下午，我们还是一无所获，只好推着三轮车，垂头丧气地回了家。爷爷问："你们为什么不再多切几个西瓜？"我嗫嚅着说："我们有些担心，怕万一切出一个不熟的西瓜来，连累了其他的西瓜，

坏了所有的买卖。"

爷爷说："明天我带你们一起去卖瓜吧！"

第二天一大早，我们推着昨天那些西瓜，一起来到瓜市。瓜市里卖瓜的很多。爷爷转了一圈，发现他们大都是瓜贩子。他们的西瓜或者是熟过火，或者是只有七八分熟，但也都切开了一个熟透的沙瓤瓜，摆在那里做样本。在这种情况下，我们的沙瓤瓜怎么能显出它们的货真价实呢？

爷爷转身拐进了一家超市。出来时，手里多了一卷保鲜袋。他拿起西瓜刀，随机切开了四五个西瓜，无一不是熟透了的沙瓤瓜。我们把切开的西瓜都用保鲜袋裹了起来，单独出售。透过保鲜袋，西瓜的切口截面都呈现出了正宗的沙瓤质地，显得格外惹眼和诱人。

围观的人渐渐多了起来，陆续有人把切开的西瓜买走了。我拿起西瓜刀，准备再切开几个西瓜做样本。爷爷笑眯眯地说："大家已经开始认可我们的西瓜了，没有必要再把其余的西瓜都切开了。"

话音未落，大家簇拥过来，很快把所有的西瓜抢购一空。

多年后，爷爷和我闲聊，重提旧事说："为人处世和卖西瓜的道理都是相通的。如果我们心存忌讳，遮遮掩掩，他人就难以认清我们的内心。当被世人怀疑，得不到认可的时候，不妨学学那天在镇上卖西瓜的方式，拿出袒露内心的勇气，多给自己切两刀，学会用切口证明自己，从而赢得世人的信任。"

很多人因为过多的顾忌，对外界时刻充满戒备，逐渐丧失了袒露真诚的勇气。殊不知,人的真诚就像西瓜的沙瓤,如果不是恰到好处地切开几道切口示人,大家怎么会彻底地了解你和信任你呢?

一条鱼需要多少水

小区附近有一条清澈的河流。初夏时节，我一时兴起，到市场里买来一副提网，用细绳穿过顶端的孔眼，牢牢缚紧，垂到河里去捕鱼。收网时，居然捕获了一些小小的白条。

回到家里，我找出一个鱼缸，灌进一些水，把那些白条放了进去。初入鱼缸，它们精神抖擞，游来游去，一副英姿飒爽的样子。

第二天早上，我去看它们，却发现有两条白条仰着身子躺在鱼缸里，身体僵硬，已经死去了。活下来的那些白条也萎靡不振，没了初入鱼缸时的活力。我凑近鱼缸闻了闻，有一股难闻的腥味。再看鱼缸底部，沉淀着一些细碎的排泄物。很显然，我换水不够勤，鱼缸内的水已经被污染了。我赶紧给鱼缸换水，而且特意多加了一些水。活下来的那些白条精神一振,穿梭游走着,重新生猛起来。

闲着没事的时候,我同朋友聊起那些白条。

我问朋友:"我那天在鱼缸里放的水已经很多了,怎么还会有鱼死掉?它们对水的需求怎么这么旺盛?"

朋友说:"鱼缸里的水,怎么能算是很多呢?你知道一条鱼需要多少水吗?"

我说:"嗯,这个问题问得好。一条鱼究竟需要多少水呢?"

朋友细细推算着说:"一个鱼缸里所有的鱼和所有的水相比,体积比例是多少?几十分之一,百分之一,千分之一,这些比例都可以吧?可是你有没有算过,一条河里所有的鱼和所有的水相比,体积比例是多少?万分之一,十万分之一,百万分之一,这些比例恐怕都有可能吧?如果拿这两种比例来比较,你还会认为鱼缸里的水很多吗?"

我思索着说:"照你这样来算,鱼缸里的鱼对于水资源的平均拥有量,可以说是微乎其微,不值一提。"

朋友微微一笑:"平时我们总以为自己对这个世界的付出已经很多了,其实还很不够。"

朋友不是研究鱼类和研究环境的专家,他估算的比例也未必准确,我却被他的话语深深地打动了。那里面所蕴含的哲理,使我的内心久久不能平静。

与朋友相比,我的境界只有一个鱼缸大小,他的境界则大如江

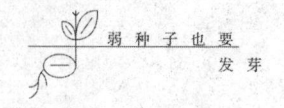

河湖海。我只能给世界一个装满水的"鱼缸",他却能给世界一个浩瀚的"大海"。

多大的鱼才算是小鱼

我上网查询"多大的鱼才能产卵",意外闯进了一个网帖。钓友们正在那里讨论:"多大的鱼才算是小鱼?"

"鲫鱼一两,鲤鱼一斤,草鱼二斤,鳑皮半两就不小,一两很大了。"

"鲫鱼12厘米以下,鲤鱼、草鱼25厘米以下。"

"我们这儿的河里,大鱼小鱼都不多,钓到上两的鱼就不算小了。"

"鲤鱼一斤以下,叫'拐子鲤';鲫鱼二指以下,叫'瓜子鲫';罗非鱼三指以下,叫'小菲菲'。这些都算是小鱼。"

"从生物学上来说,未达到性成熟的鱼,都是小鱼。"

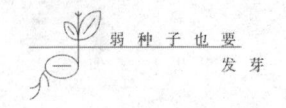

"吃不上钩的算小鱼。"

"白条一两算大的，鲫鱼不足两算小的，鲤鱼一斤以上的是可以吃的。草鱼嘛，最好是吃四五斤的。鲢鳙三四斤的才好吃。"

"那得看您的谦虚程度。谦虚的人，钓到再大的鱼也说成小鱼；浮夸的人，钓到再小的鱼也说成大鱼。"

"一两以下的，算小鱼，放生！"

……

上面这些话语，如三五老友围炉而谈，各抒己见，有趣得很。

这使我想起了发生在沂河边上的一个小故事：

那天，那位钓鱼人一大早就来到这里，满怀期望地垂下了钓竿。一上午过去了，却一条鱼也没有钓到。

后来，他好不容易钓到了一条小拇指大小的鱼。

这时，过来一个小男孩，向鱼桶里看了看说："叔叔，这条小鱼好可怜啊！"

这是一个内心纯净的小男孩，钓鱼人被他感动了。

他对小男孩说："我把这条小鱼送给你，你把它放生吧！"

小男孩高兴极了，说了声"谢谢"，就双手捧着小鱼，放到了沂河里。

小鱼摆了两下尾巴，一头扎进河水深处，飞快地向远处游去。

小男孩望着碧波荡漾的水面，拍着手说道："啊，好大的一条鱼呀！"

钓鱼人笑了，问小男孩："这明明是一条小鱼，你怎么说它是大鱼呢？"

小男孩调皮地说："谁说它将来不是一条大鱼呢？"

钓鱼人点了点头。

眼前这个小男孩，无疑是一个充满爱心的小男孩。

故事讲到这里，"多大的鱼才算是小鱼"这个问题，似乎不难回答了。

大非大，小非小。在怀揣爱心的人眼中，多大的鱼都是小鱼，多小的鱼也能长成大鱼。

装缸的水

深夜，一位朋友在 QQ 群里看到了一个奇怪的网名：装缸的水。

第二天，朋友与我探讨："以前，我只听说有装水的缸，没听说过有装缸的水。水真的能装缸吗？"

我觉得这个问题很有意思，认真想了想说："缸能装水，是因为缸比水大。如果水比缸大，比如水是江河湖泊，是渤海、黄海、东海、南海，是太平洋、大西洋、印度洋、北冰洋，那么，水也完全能够装缸。"

海纳百川，有容乃大。如果你的肚量足够大，你完全也可以成为"装缸的水"。

到工厂上班，假如工厂是缸，你就是水。因为各种原因，你被装在了工厂这口大缸里。如果不能潜心修炼，不能发愤图强，不能成为"装缸的水",那么你将永远困于"装水的缸"之内,无法看得更高、行得更远。

对爱你的人而言,他们是缸,你是水。他们的宽厚和包容,将流水般随意行事的你装在了爱的大缸之内。在爱的滋润和颐养下,你也不要过于懒惰和懈怠,理应借势滋长,成为"装缸的水",以更多的爱回馈关爱你的人。

努力,才能水满。水满,总会溢出,总会成为"装缸的水"。

爱世界、爱生活的人们,努力吧!

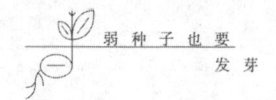

走直路

一位官员酒足饭饱后,被随从前呼后拥着,来到一个有名的风景区观光游玩。

在景区内的一条小路上,他们遇上了一位作家。官员一时兴起,上前拦住了这位作家:"人的一生,怎样才能少出或者不出事故?"

作家的话语,一如他通常的行文一样直接:"走直路。"

官员露出怀疑的神态:"那你顺着眼前的这条直路走走我看看!"

作家顺着那条直路,自顾自走了下去。

官员则迅速侧身,悄悄从另一条小路赶到了作家前面,埋伏在那条直路一侧的树丛里。

等作家沿着直路，慢悠悠地走到跟前，官员突然冲出来，用肩膀将作家撞了一个趔趄。

作家满脸的愕然。

官员狡黠地笑了："刚才你走的是不是直路？"

作家答："是。"

官员问："出事故了没有？"

作家答："出事故了。"

官员见戏弄作家的目的达到了，得意地笑了。尾随而来的众人，像受了传染似的，冲着作家指指点点，不怀好意地大笑着。

作家反而平静下来，不慌不忙地问官员："刚才你的肩膀撞在了我的身体上，我的身体受到了撞击，有点疼，那么请问，你的肩膀是不是也有点疼？"

官员摸了摸肩膀答："嗯，是有点儿疼。"

作家微微一笑："那你是不是也出事故了？"

官员吭哧了半天说："是，也出事故了。"

作家说："一开始你问我的那个问题，现在我可以给你完整的答案了。"

官员侧耳倾听，随从们也安静下来。

作家说："人的一生，怎样才能少出或者不出事故？走直路，同时还要提防来自旁门左道的侵害。"

官员尴尬地低下了头。

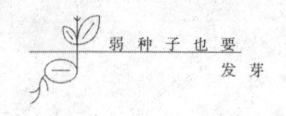

"另外,还需要记住这样一个道理——"作家郑重地说道,"意图给别人制造事故的人,事故首先会降临到他的心灵!"

未竟之美

冬天,和朋友们去游览纪王崮。悬崖边的酸枣树上有一个螳螂籽,我把它连枝摘了下来。

接下来的一段时间里,我顾不得欣赏周围的风景,而是混杂在同游的人群当中,埋头摘除酸枣枝上的尖刺。我要把它们清除干净,把螳螂籽带回家去给女儿玩。我有一个小小的计划:打算借这个机会,让女儿认识什么是螳螂籽,让她跟踪观察螳螂籽的变化,看看螳螂籽是怎样变成小螳螂的。我觉得这个过程一定很有趣。

回到家里后,女儿仔细观察着那枚螳螂籽,小眼睛笑眯眯的,问这问那,好长时间没安静下来。她问:"螳螂籽怎么这么大?"我说:"它能变很多很多的小螳螂呢。"她又问:"螳螂籽什么时候才能

变成小螳螂？"我说："春天吧，春暖花开的时候。"她接着问："等它变成小螳螂，我们养着它行吗？"我说："行啊，当然行！"我们就把螳螂籽放到了窗台上。等待也是一种美丽。我看到希望在女儿的眼睛里闪亮，幸福一定在她的内心开始漫游。

闲时乱翻书，翻到哪儿算哪儿。漫长的冬季，无书可翻或书都翻厌了的时候，就打开电脑上网。我搜到了一些有趣的常识：螳螂籽又名"桑螵蛸"，可以入药，治疗小儿尿床等病症。同时，还发现了一副治疗"肾虚不固"的中药配方："桑螵蛸6枚，代茶饮。"我又长了一份知识：原来螳螂籽的量词不是个，而是枚呀！我从纪王崮带回来的那枚螳螂籽，实际上是由很多粒螳螂籽聚集而成的一团螳螂籽。它们聚成一个整体，不是很大，也不是很小，以"枚"称之，自有它的道理。

不知不觉间，春暖花开。这天，女儿突然问我："爸爸，螳螂籽变成小螳螂没有？"我这才记起来，我们把那枚螳螂籽放到窗台上后，就没再去看过它，已经冷落它很久了。我们匆忙奔到窗台前，仔细搜寻一番。还好，那枚螳螂籽仍然待在那里，静静地躺在窗台一角，春暖花开也没有惊动它。女儿有点儿失望："它怎么还没变成小螳螂呢？"我说："应该快变成小螳螂了，再等些日子看看吧。"

转眼几天又过去了，螳螂籽还在那里沉睡。我建议说："把它放到楼下的草丛里吧，给它换个环境，说不定很快就能变成小螳螂。"

我们拿起那枚螳螂籽，来到楼下，把它安放到一处隐蔽的草丛里。

乘着四周没人，还用树枝将周围伪装了一番。

这是一个刚建成不久的小区，邻居很多，彼此之间并不是很熟悉，女儿却很快交到了新朋友，一个叫韦舒瑜的小女孩。她们一起骑自行车，一起玩滑板车。玩累了后，女儿拉着她，来到了那枚螳螂籽的藏身之处。两个小女孩盯着那枚螳螂籽，充满幻想的眸子同时闪亮起来。几个调皮的小男孩也围拢过来，拿起那枚螳螂籽，好奇地观察着。

螳螂籽的藏身之处暴露了。大家都来打扰它，它还会平平安安地变成小螳螂吗？我和女儿心存担忧，决定帮这枚螳螂籽搬家。当天晚上，我们踏着浓浓的夜色，偷偷地把那枚螳螂籽转移到了附近的冬青丛里。

我们担心的事情还是发生了。几天后，我和女儿再去找那枚螳螂籽，可找遍了冬青丛也没能找到它。它是被人偷走了，还是被鸟儿叼去了？我们无从得知它的下落，不由心生遗憾，怅然若失。

我们平时很忙，很少到乡下去，即使再有时间去乡下，也很难再遇到这样一个机会，寻到这样一枚螳螂籽。也就是说，我们已经失去了目睹螳螂籽变成小螳螂的机会。

后来的日子里，我时常还会回想起与螳螂籽有关的一些事情。虽然有时候会把一段往事回放，但更多的时间还是沿着生活的轨道继续前行。忙里偷闲的时候，我又有了一个新的发现：以前那些自然结束或者被迫中断的经历，居然都隐含着一种未竟之美。

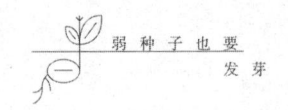

我们常常遇到这样的情景：做错了一件事情，觉得愧对他人，老想着改正，却始终得不到改正的机会；偶遇一位美丽的姑娘，想结识她却没有勇气开口，结果错失良机，以后再也没有遇到过她；曾有一件完美的计划，发誓要好好地完成，开始做得很努力，也很出色，结果因为这样或那样的原因，终究没有完成……

未竟之美，就像突然断掉，再也接不上的记忆，留下一串省略号和问号，留下一片朦胧和迷茫。

未竟之美，就像那两个小女孩，你只知道其中一个小女孩的名字，却怎么也不知道另外一个小女孩的名字。

完成，固然是一种美，属于大团圆、大结局之美。未竟，则是另外一种美，属于车裂手撕的缺憾之美。

生活中，有太多的未竟。不要把未竟当成是一种负担，耿耿于怀、念念不忘。要把未竟当作是一种美，抛开那些不知所终的事情，轻装前进，自在翱翔。

人生至少有两种可能

1993年夏天，我中专毕业，亲戚托了一位熟人，帮我在市里找工作。

一天，我提了礼物，去拜访这位熟人。他告诉我："我给你联系了一家制药厂，过些日子就可以去上班了。"我当时年少，心思单纯随口说道："是这家厂子啊！听说他们银行贷款很多，工资都发不出……"

过了些日子，我又去拜访这位熟人。他高兴地说道："我又给你联系了一家机械厂。这家工厂工资高，是个好地方！"原来，说者无心，听者有意，上次他暗暗记下了我的话，以为我对制药厂那份工作不满意，因而重新为我选择了另外一家工厂。

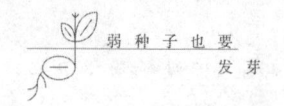

就这样，我背着简单的行李，来到了那家机械厂。我先在车间做铆工、钻筒体、抡大锤，再改行做车工、开立车，拿着微薄的工资，艰难度日，入不敷出。然后，经历了停薪留职、辞职，最终到一家企业打工，做起了文秘工作，业余写稿赚钱，勉强能养家糊口。直到现在，依然徘徊在体制之外。

而那家制药厂，现在已发展成了实力雄厚、全国闻名的大型企业。我的几个同学都在那里工作，日子过得相当不错，令人非常羡慕。如果当初我选择了它，我的人生轨迹肯定会是另外一种走向。

这段经历，使我得出这样一种结论：人生至少有两种可能，当你做出一种选择的时候，实际上已经放弃了另外一种生活方式。事后，当我们回过头来审视自己的选择时，该会有怎样的心态呢？是庆幸，还是后悔，抑或是其他？

说到这里，不妨先把这个问题放一放，谈一谈我另外的一些经历和见闻。

有一年，我到河北承德参加一次笔会，住在僧冠峰景区内的一家宾馆里。笔会间隙，我在院内闲逛，看到那里生长着一大片梣椤树。它们高七八米，阔叶满枝，只是每片叶子的面积不是很大，普遍小于成人的手掌。看来景区是把它们作为绿化树来栽培的，长到足够高和足够粗后，说不定还可以作为木材使用。

这使我感到特别惊奇。我老家那儿也有这种梣椤树，它们都是作为灌木生长在山坡上，而且只有半米多高，很少能长到乔木那样的高度。它们的叶子也比这里的梓椤树叶子大出许多，用途也比较特别。每年一到端午节，乡亲们总会把梓椤树上的叶子摘下来，将叶柄部分反向叠压在一起，用来包粽子，煮熟后有一股浓郁而独特的香味。僧冠峰景区里的梓椤树，叶子虽然也是阔叶，但是整体偏小，难以包裹糯米，用来包粽子可能不是那么方便。

我在学校里学的是果树栽培专业。写到这里，不禁使我想起了苹果树。我们知道，果园里的苹果树，通过人工的整形，生长高度一般会控制在三四米以内。这样做的好处是，可以结出更多和更大的果实。那些生长在深山密林里的野苹果树，是绝对不会满足于这个高度的。它们侥幸躲开了人类的整形和控制，虽然果实的个头会小很多，但是自由自在的野性却得到了充分的舒展和释放，高度甚至能达到十几米。

同样的树种，却拥有了两种活法，这在我们看来是难以想象的。

看看现在的生活，想想曾经还有另外一种可能、另外一种活法摆在自己面前，感觉挺有意思的。这另外一种可能、另外一种活法，自己当时为什么错过了？如果时光倒流，让你重新选择，你会选择哪一种？

独自静默时，和人闲谈时，也许你会想起这些问题，并且给出你的答案。只是这些问题和答案，似乎不是那么重要了。我们不能老是活在回忆中和想象中，那些错过的就让它们错过吧！好好地珍惜现在，把现在的每一步走好，把眼前的每一件事情做好，你会发觉，人生还是很有趣味的！

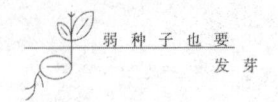

那段经营利器的日子

我的家乡,背倚一座小山。山坡上,生长着大片大片的棉槐。站在山脚下,抬头而望,葳葳蕤蕤,苍翠一片,既养眼又壮观。

经过春夏两季生长,到了秋天,棉槐变得韧性十足,成为编筐做篮的上佳材料。但编筐做篮是大人的事儿,天地间自有专属于我们小孩儿的正经事儿——我废寝忘食、刻苦钻研,终于学会了用棉槐制作那种叫作"弓箭"的利器。

其实,制作弓箭的方法并不复杂。挑选一根一米多长的棉槐,小心翼翼地试探着,用力把它弯成四分之一大小的圆弧形,再把一根细绳牢牢地拴在棉槐两端,就制成了所谓的"弓"。对着实物仔细揣摩一番,"弓"作为一个象形字,实在是形象得很啊!

至于做箭，也非常简单。院子内外，堆放着成捆成捆的高粱秸。高粱秸最顶端的一节，我们把它叫作"梃子"。梃子顶端的高粱穗，早被农人用镰刀斜削着割掉了，梃子顶端成了一个尖锐的箭头，把整根梃子折下来，就是一支锋利的箭。

弓箭做好了，我握弓提箭，在村里耀武扬威。我有很多朋友，他们见我弄了这么个新鲜玩意儿，齐刷刷围拢在我身边，昂首跷脚地欣赏着、羡慕着。我神气地拉满了弓弦，箭头缓缓地移动着，四下里寻找射击目标。那引而不发的架势，引起了大家的担忧，他们唯恐被误射，纷纷躲开了。

身边的朋友越来越少，也不是个办法。我开始主动地、毫无保留地把制作弓箭的方法教给了大家。结果，大家都拥有了自己制作的弓箭，虽然一度出现了你射我、我射你、你射他的混战局面，但大家却觉得我大公无私，一时间跟我的关系变得非常铁。

但我是一个不甘平庸的人。大家都有了弓箭，相当于没有弓箭。在拉弓射箭的过程中，我发现用梃子做的箭，箭头轻飘飘的，没有分量，分明瞄准目标射出去了，却总是偏离了既定的方向。这是一个明显的缺陷，必须加以改进。

我找来一些和梃子一样粗细的蜡条，把它们顶端削成锋利的圆锥状，代替梃子当了箭头。

这样一来，我手中的弓箭得到了改进，箭射出去后，劲道大了许多，方向偏差也消除了。这支霸道的弓箭，重新吸引了众人的目光。

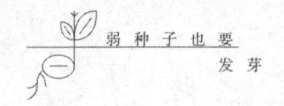

我打算团结一批朋友,教他们用蜡条做箭。可是,这个想法还没来得及实施,我都发现自己的朋友又开始变少了。他们怕我们这支霸道的弓箭,毫不留情地射中自己,再加上大人们絮絮叨叨地暗示、提醒和劝阻,他们纷纷远离了我。

没了众人的支持,也就没了众星捧月的荣耀,我落寞至极,虚荣心渐渐消退,干脆来了个刀枪入库、马放南山,把那只令我丧失了众多朋友的弓箭,高高地挂在了南墙上,任风吹雨打着它的躯体和无边的寂寞。

如此下来,没过多久,我身边居然又恢复了往日的热闹。

经营利器,没有朋友!我不玩箭矢,那些朋友却纷纷回到我身边,重新成为我的铁哥们。这使我感慨万千,想起了一句名言:"送人玫瑰,手有余香。"退一步来看,如果手中无利器,即使无玫瑰可送,这淡如水的交情,同样值得珍惜。

第 三 辑

你是在等我吗

有人喜欢你,那是你的福气。你如果知道他喜欢的是你,在等的也是你,不妨主动上前,把爱与不爱说开。哪怕你不喜欢他,也不要紧的。在不爱面前,你教他学会放手,给他去等另一个人的机会,这是对方应得的爱的回馈。

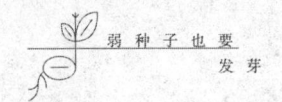

别伤害树叶

那年,我十八岁。

年少的我,浑身透露着不谙世事的青葱颜色,如拇指肚大小的小毛桃一般稚嫩。

记得秋天的一个早晨,路过村头的那棵老枣树时,我下意识地停下脚步,顺手从旁边的柴垛上抄起了一根杆子,朝着老枣树胡乱打了起来。瞬间,老枣树上的树叶纷纷扬扬地飘落下来。

这时,一位素不相识的老爷爷从一边冒了出来,盯着我问:"孩子,你这么卖力,干吗呢?"

我白了他一眼:"没看见吗?打枣吃呢!"

老爷爷好言好语地劝说着:"孩子,别打了,你仔细看看,这棵树上没枣!"

我根本没把这位老爷爷放在眼里,毫不在乎地反驳说:"管它呢,有枣没枣先打一杆子再说!"

我一边说着,一边继续举起手中的杆子,对着老枣树又是一通乱捣。当然了,这一通乱捣,还是没打下一个枣子来。倒是那些青黄的树叶,簌簌飘落着,有几片甚至落在了老爷爷的白发上,显得十分滑稽。我暗暗得意,更加卖力地挥动着手中的杆子。老爷爷丝毫没有理会我对他的戏弄,转身面向老枣树,无奈地摇了摇头,低语道:"唉!罪过啊,真是罪过啊!"

望着一脸庄重的老爷爷,我心里反而生出了一丝忌惮,不由地停下了手中的动作,举着那根杆子,愣愣地立在原地,不知所措。

"别以为有枣没枣打一竿子伤害不了什么。少年的盲目和投机,伤害了那些枣子以外的树叶。"老爷爷文绉绉地撂下这句话,慢慢地转身离去。

我忽然觉得,这位老爷爷肯定是一位心地特别柔软、特别善良的文化人。说不定,他还信佛,有着一颗宽厚的佛心哩。

怀揣爱心,才能行得更远。望着凌乱地躺在地上的落叶,我的心灯忽然被老爷爷的话语点燃,内心变得通明、剔透,纯净得像瓦蓝瓦蓝的天空。

那年秋天,我再也没有打过那棵老枣树一杆子。

而且,打那以后,我迅速调整了自己的思维,做事的时候,不再"有

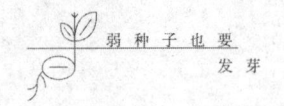

枣没枣打一竿子",而是力求目标再实际一些,指向性再明确一些。因为,我永远记住了老爷爷那句隐含哲理的话语,在做任何事情之前,都暗暗告诫自己:千万别伤害枣子以外的树叶!

第 三 辑
你是在等我吗

无私的帮助最清澈

多年前的一个晚上,我步行出了厂区,在大街上闲逛。

行至一眼镜店前,一陌生少年忽然闪现,挡在了我面前,诚恳地说道:"大哥,浪费你几分钟好吗?"我后退一步,打量了少年一眼,警惕地问道:"啥事?"

少年沮丧地回答说:"大哥,俺被骗到这里的建筑工地干小工,黑心的包工头卷走了工程款,俺连回家的路费都没有了。你能不能借我一点路费?回家后我一定加倍还给你。"

哼,骗人居然骗到我头上来了!这种老套的把戏,还敢拿出手?我故作滑稽地撇了撇嘴,冲少年说:"对不起啊兄弟,我很想帮你一把,可是今天晚上我兜里没带钱。"

顿时，少年脸上露出了失望的神色。不过，我才不管他呢，谁让他自欺欺人！

就在转身欲走的瞬间，我猛然止住脚步，试探着问少年："听口音，你是沂水人？"少年闷闷不乐地回答说："嗯，我老家在山东省沂水县院东头乡。"

"呀，还是老乡哩！俺老家也是那里的！"我立刻表现得热情起来，从兜里掏出一百元钱，向少年递了过去，大大方方地说，"拿着，就当大哥我送给你的见面礼，不用还了。今后咱哥俩再有缘相见的话，你管我一顿饭就行了。"

少年却敏捷地躲向一边，盯着我，不屑地说道："快把你的钱收起来，我不会要的！"

面对判若两人的少年，我愣住了："咋啦？难道你不想回家了？"

少年冷冷地说道："如果我不是你的老乡，你还肯帮助我吗？无私的帮助最清澈！像你这样掺了私心杂念的帮助，我宁肯放弃一万次回家的机会，也决不会接受！"

少年的回答，虽然偏执，却给了我当头一棒。我开始反思自己的行为，那基于乡情的馈赠，是不是太过狭隘？

那晚，少年最终没有接受我的帮助。后来，在这座小城，包括我们第一次相会的那个地方，我再也没有见过他的面。

如今，十多年过去了，也不知少年现在的状况如何。但我始终认为，他是一位非常棒的少年，无论身在何处，都应该会有很好的前途。

"无私的帮助最清澈!"少年以青葱岁月里的叛逆,以骨子里的正直秉性,给我上了人生最难忘的一课。

你是在等我吗

男孩喜欢上了一个女孩。

女孩是很美丽，也很俏皮的那种。青春期的男孩，没来由地喜欢上了她，内心喜欢死了！可是，他不敢向这个女孩表白！为了能多看女孩一眼，男孩只能在放学的路上，在某个路口支了单车，躲在一边，悄悄地等待女孩的到来。

飘过那个路口的空气，也记不清被男孩的咚咚心跳惊扰过多少次了。附近那个修车的老头，也直摇头，叹息男孩的青涩，还有那颗迷离的心。也许，女孩不开口，男孩的爱，就这样一直地沉默，一直地等待下去。

幸而有一天，女孩在那个路口，突然停了下来。她笑吟吟地来到男孩跟前,轻声问道:"你是在等我吗?"

霎时,男孩的心被温暖了。那个下午,他和女孩,并排骑着单车,走了好长好长的一段路,说了好多好多的一些话……

像我们预料的那样,故事的结局,写满了青春期的忧伤。男孩与女孩,终究没能够在一起。但成长中的男孩,却打心里记住了那个女孩,并且被女孩的好一直感动着。

有人喜欢你,那是你的福气。你如果知道他喜欢的是你,在等的也是你,不妨主动上前,把爱与不爱说开。哪怕你不喜欢他,也不要紧的。在不爱面前,你教他学会放手,给他去等另一个人的机会,这是对方应得的爱的回馈。

茫茫人海中相遇,不要缄默,不要躲避,更不要漠视,让我们轻轻地问一句:"你是在等我吗?"

天上飞过流星

第一次看到流星,是她八岁那年。

那年的秋天,正好赶上姥姥去世了。悲伤的妈妈告诉她:"天上每飞过一颗流星,人间就会有一个人去世。"听了妈妈的话,再想想慈祥的、已不在身边的姥姥,她小小的心里添了些许的黯然。她把妈妈的话记在了心间。不久,上语文课的时候,她又把这句话当作一个秘密,悄悄地告诉了同桌:"天上每飞过一颗流星,人间就会有一个人去世。"

十六岁那年,她又一次看到了流星。

那年的她,已开始有朦胧的心事。眼角添了鱼尾纹的妈妈告诉她:"天上每飞过一颗流星,都代表一位神仙走过,对着流星许个愿，神仙会帮你实现这个愿望。"听了妈妈的话，她内心充满了憧憬，默默地合上眼睛，对着流星许了个愿。还是上课的时候，她又把妈妈那句话当作一个秘密，悄悄地告诉了同桌："天上每飞过一颗流星，都代表一位神仙走过，对着流星许个愿，神仙会帮你实现这个愿望。"

同桌，还是以前的那位同桌。这次，他眨巴了一下眼睛，狡黠地反问道："你妈妈一会儿说流星代表着死亡，一会儿说流星代表着神仙，到底是流星错了，还是你妈妈错了？"

她一时语塞。对呀，到底是流星错了，还是妈妈错了？

放学回到家里，还没来得及放下书包，她就着急地说出了她的困惑。妈妈"扑哧"一声笑了："傻孩子，流星没错，妈妈也没错，是生活太丰富、太多彩了！"

哦，变幻的、多彩的生活！她内心渐渐释然，如灿烂开放的阳光。

后来，踏上社会了，工作了，他不再是她的同桌，可她仍喜欢对他说："天上每飞过一颗流星……"

再后来，她和他，携手走上了红地毯。她问他，为什么选择了自己？他说，喜欢心里有梦想的女孩。

她内心涌起一股暖流，眼泪悄悄地落了下来。

嗯，心里有梦想的女孩，美丽的女孩，让我们一起来说："天上每飞过一颗流星……"

蓝宝石

很年轻很年轻的时候,他和一伙朋友结伴,去大珠山看杜鹃花。千里迢迢地到了那里,杜鹃花没有开,期待中的漫山灿烂没有出现。倒是在近海的一堆乱石里,他捡到了一块蓝莹莹的石头。这是一块蓝宝石哩!有多蓝呢?一下说不出来,总之是很蓝很蓝,蓝得比纯蓝墨水还要蓝。他很欢喜,小心翼翼地捧在手心,感觉自己也是蓝的,那么澄静,那么纯粹!

听说他捡了一块蓝宝石,同行的人围上来。有一位女子,一边说着"我看看,我看看",一边把蓝宝石拿到自己手中,再也不肯放开。

好多年以后,他仍然记着那个女子,记着那块蓝宝石。想起来就在内心感慨:那是一块蓝宝石呢……他犹自后悔,埋怨自己当时只顾着脸面，怎么就不把蓝宝石抢回来呢？嗯，怎么是抢呢？那本来就是自己的嘛，为什么一到别人手中就成了别人的东西？现在，那块蓝宝石要是在自己手里……是啊，在自己手里，那该有多美！

后来，去蒙山旅游的时候，在一座尼姑庵，他遇到一老一少两位尼姑。他忍不住向慈祥的老尼姑诉说自己的纠结：那块蓝宝石要是在自己手里……

听着他的低声絮语，老尼姑笑了："你这块蓝宝石不值钱，因为它只是一个薄片，不能成器。"

哦，原来这块蓝宝石不值钱啊！真是这样吗？

他这么想了又想，想了又想，不知过去了几日，或者几月，渐渐地，他就释然了："这块蓝宝石，真的不值钱呢！"

这之后，还生出一段小插曲——他离开尼姑庵后，那位小尼姑也离开了尼姑庵。她追随着他的背影而去，向着他所在的那座闪耀着蓝宝石之光的小城而去。

每个人的心里，都曾有过遗失的蓝宝石。它或许真的是一块蓝宝石，或许是一位美少女，也或许是……这块蓝宝石啊，没能镶在你的衣襟上，却镶在你的伤口上。它的不能成器，于你而言，不是一时，而是一生的不能成器……

弱种子也要
发芽

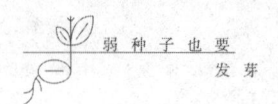

我所经历的中考

我是 1989 年夏天参加的中考，那一年我十六周岁。

离中考约有两周的时候，可能是用脑过度的原因，我突然感到头部隐隐作痛，眼瞅着那些课本，一个字也看不进去。反正很快就要考试了，再硬着头皮复习也未必有什么效果，我索性将所有的课本装在一个纸箱里，用那辆破旧的海燕牌自行车驮回了家。刀枪入库，马放南山。我决定在考试之前不再翻看任何资料，让那些陪伴了我三年，被我翻烂了的课本们也休息一下。由于一个人在家里太寂寞，我干脆又回到了校园，天天吃住在那里。

这时候，我的主要任务不再是临阵磨枪，而是进入休养生息状态，攒足一切精力迎接中考。那时候，别的同学都在埋头苦读，唯有我一人气定神闲，一会儿瞅瞅伏在课桌上的他们，一会儿又去思索一些遥远而不着边际的事情。那神态仿佛是在休闲，"学习"二字完全离我而去。每到吃饭时间，我都会主动喊上一位同学，和我一起去教室后面的锅炉房里抬开水。两人将铁桶灌满，用一根粗木棍抬到教室门前的青石板上，供大家舀取和饮用。下午放学后，我又留在教室里，洒水、扫地和倒垃圾，忙得不亦乐乎。

有一天，天空淅淅沥沥地下起了小雨。我披着一小块塑料布出了校门，直奔东南而去，然后又折向正西方向，继续前行，来到一处山峪里。最后途经一个寂静的部队仓库，沿着低矮而绵延的丘陵，踩着没过小腿的青草，拾起了一种名叫"山山牛"的甲壳虫。

时间一晃而过，我的头疼病奇迹般地消失了。中考前一天下午，我和几个同学结伙做伴，各花一元钱，乘坐那时乡里唯一的一辆小型客车，一路颠簸着抵达了沂水县城。我们住在离考场很近的一个十分简陋的旅馆里。夜色降临前，我们从兜里掏出父母省吃俭用攒下来的小票，到附近的大街上买了几个肉火烧，有滋有味地吃了起来。我们是四个人住在一个房间里。当天晚上，大家谁也没有再看书，先是就明天的考试做了简单的猜测和交流，然后怀着对未来的一种期望、一种不可预知感慢慢进入了梦乡。第二天、第三天，我们继续享用着平常轻易吃不到的肉火烧，品尝着小县城的特色美味，陆续考完了所有课程。我们各怀心事，无意在县城逗留，又乘坐那辆小型客车，一路颠簸着返回了乡下。

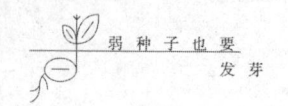

后来，中考成绩公布了。我们那所中学，共有两个班级，只有四个学生考上了中专。很幸运，我是其中之一。如今我早已参加工作多年，回想起那次中考，仍然历历在目。中考或者高考，无疑是人生的一个转折点。它像是一座独木桥，同时也像是一个瓶颈，不可能容纳所有的人。不论是穿过瓶颈的幸运者，还是被挤下独木桥的落荒者，都是人生路上浓墨重彩的一笔。由于它对一个人的一生影响至深，人们赋予了它太多的内涵，给予了太多的关注。也许正因为如此，人们总是不能将它看淡，一茬茬的考生前赴后继，一批批的家长鞍前马后，演绎着考场内外的故事……

第三辑
你是在等我吗

一斤水饺

那一年,我到离老家很远很远的城里去求学,第一次在街头吃水饺。卖水饺的摊主问:"您要多少水饺?"我说:"两碗。"摊主笑了:"我们这里卖水饺不论碗,论斤!"

以往在农村老家吃水饺,是论碗的,都说吃了一碗、两碗或者三碗。碗就是衡量水饺多少的器具,人们从来没有往复杂处想。如今我愣在了那里,搞不清一斤水饺是多少,更不知道自己吃几斤水饺才能填饱肚子。

摊主告诉我,他们这里卖的水饺,一斤大约60个。这个一斤嘛,指的是饺子皮和饺子馅加在一起的重量。饭量小的人,要半斤水饺就可以吃饱。如果饭量大一些,可要吃一斤水饺。

我这才知道，城里的水饺是论斤卖的。城里人习惯把水饺盛在盘里，一斤可以盛两盘，一盘大约是半斤的重量。如果要喝饺子汤，那就另当别论，可以用碗来喝，而且饺子汤是免费的，不单独算钱。

工作后，我有一次去外地出差，饿极了，想吃水饺。服务员问："您要多少？"我说："一斤。"等服务员把水饺端了过来，我一看，足足有四盘，害得我把肚子撑得滚圆也没能吃完。原来人家这里所说的"一斤水饺"，指的是饺子皮的重量，不包括饺子馅。

还有一次，我到外地去旅游，在路边一小店要了一斤水饺。服务员飞快地给我端来了一盘饺子汤，里面浮着4个水饺。我傻了，问服务员："这是一斤水饺吗？"满脸横肉的店主听到这话，窜到我跟前，瞪着牛眼说："饺子汤和水饺，一共是一斤，还需要我拿秤来给你称一下吗？"得，您看这事儿闹的，遇上黑店了，等着挨宰吧！

有了这几次经历，每到一个陌生的地方吃水饺，我都会问服务员一句："你们这儿的水饺，一斤是个什么概念？是连皮带馅一斤，光饺子皮一斤，还是饺子汤和水饺加在一起是一斤？或者是……"

"看树"的红樱桃

每年收摘樱桃,我们都要在树上留一颗大樱桃,称作"看树"。这看树的樱桃,鲜红、饱满,水灵灵的,祝福人们明年将有更顺心的收成。

那些下了树的樱桃,往往放在篮子里,用布盖了,由妈妈挎着沿街叫卖。而那看树的樱桃仍旧高高地挂着,红在绿叶中。

卖剩的樱桃(其实樱桃每次都不够卖,是妈妈有意留下的),总是被妈妈带回家,由我和妹妹摆好。全家人静静地围着桌子坐下,用手捏着果柄,把那红红的一点含在嘴里,汁液很快就溶化了,一直甜到心底。

每次吃樱桃,总是让人回味不已。樱桃柄和樱桃果,一青一红,

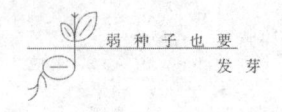

一苦一甜，似乎象征着一种历程。而那看树的樱桃，又似乎在长久地向人们展示着这种历程。

小时候，我倔强得很。妹妹要选看树的樱桃，我也要选。她选的往往不中我的意，每次都是我把她气哭了。樱桃树上总挂着我选的那颗。

后来妹妹渐渐地长大了，也渐渐地添了愁思。她不再像小时候那样爱哭，只是经常静静地坐着，不知想什么心事。我做哥哥的感到很着急，却不知怎么劝她。想想小时候的事，越感觉对不住她。

今年樱桃下树的时候，爸爸、妈妈都在，我特意让妹妹选看树的樱桃。她紧挨着我，用颤颤的手指着一颗最大、最红的樱桃："哥，就留那一颗看树吧！"我点了点头，"嗯"了一声，就什么话也说不下去了。爸爸、妈妈很是感慨："你小时候可是经常欺负你妹妹呀！"泪珠在我眼中滚动。刹那间，我觉得妹妹本身就是一颗最大、最红的樱桃。

当天下午，我从田里回来，看见妹妹正坐在板凳上，帮妈妈摘芹菜叶。她依然是一副文静的样子，刘海搭在额前，两手灵巧地劳作着，很是快乐。

抑郁的日子总会过去，妹妹的心里总会添一些属于自己的新的东西。我这样想着，那颗看树的红樱桃又高高地挂在了我的眼前。

穿棉手套的小女孩

多年前的一个冬天,有一位三十岁左右的大男人,用自行车后座驮着一个两岁左右的小女孩,去当地一家商场玩耍。

路上,北风凌厉地吹着,大男人弯腰弓背,起劲地蹬着车子。小女孩眯着眼睛,半躺在宝宝椅里。脚上那两只黑底红帮的棉鞋,合着路面颠簸的节拍,在空中一晃一晃的。

到了那家商场附近,大男人把自行车寄存在看车处,抱着小女孩进了商场。商场里人头攒动,热闹非凡。小女孩瞪着好奇的眼睛,看来看去,兴奋极了。

记不清过了多长时间,大男人终于抱着小女孩走出了商场。看得出来,两人玩得非常尽兴。大男人交了三角钱的看车费,取了车,

弱种子也要
发芽

驮着小女孩，向家的方向返回。

家是一个暖人心窝和滋长亲情的地方。家中的女人，也许早做好了热乎乎的饭菜，等着他们回来。想到这里，大男人更加卖力地蹬着车子，比来时还起劲儿。

骑车走出不到一里地，大男人突然感觉什么地方不对劲。他马上停下自行车，下意识地回头一看，发现小女孩脚上的棉鞋只剩下孤零零的一只，另一只不知什么时候掉了。天太冷了，这样下去，小女孩的脚会被冻坏的。回去找吧，时间已经太晚了，再说也不知道棉鞋掉在了什么地方，找不找得到也很难说。

大男人想了一会儿，眼光落在了自己的棉手套上面。这是一副颜色灰蓝，样式土土的，而且价格也非常便宜的棉手套。别看它不起眼，却可以帮自己一个大忙哩！大男人毫不犹豫地摘下一只棉手套，套在小女孩掉了鞋子的那只脚上。嗨，你别说，这只棉手套套在那里，不大不小，正合适着哩！

问题解决了，大男人转身骑上车子，继续向家中赶去。

"看！穿棉手套的小女孩！"

夜色朦胧的大街上，意外出现了滑稽而又温馨的一幕：

一个大男人，迎着寒冷的北风，脚蹬着自行车，握紧车把的双手只戴了一只棉手套。后座上的小女孩，眯着眼睛，半躺在宝宝椅里，一只脚穿着黑底红帮的棉鞋，另一只脚穿着灰蓝色的棉手套。两只脚合着路面颠簸的节拍，在空中一晃一晃的，格外引人注目……

哦，戴着一只棉手套的大男人，穿着一只棉手套的小女孩！这是人世间多么有意味的一段小插曲，多么温暖而幸福的一簇花朵！

弱种子也要
发芽

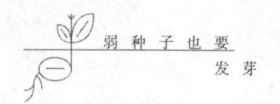

城里的麻雀

在钢筋水泥铸就的城市里，我特别佩服麻雀这种鸟儿。

它们本来是在屋檐下的石头缝里筑巢、产卵和孵化，养育后代的。但是现在城市里的房子，都是砖块砌就，砖缝里抹了水泥，不再有任何孔洞。面对戒备森严的人类，在什么地方筑巢好呢？

这难不倒麻雀！每家每户的外墙上，都挂着电表箱。电表箱的正上方，有一排用来读取电量数据的透明玻璃。这些玻璃经常有破损的，麻雀们就从这里钻进了电表箱，衔来草叶，在此筑巢和栖身。虽然时时会面临着电工前来抄表或者维护线路的袭扰，有时候他们还会打碎鸟蛋、捉走黄嘴的小雀，但麻雀们还是乐于在这里面筑巢。空间相对封闭的电表箱，能够遮风避雨，多多少少给它们带来了一些安全感。

那些挂在高楼外壁的落水管,长长的管道上方连接着一个宽阔的漏斗形入口。下雨时,会有大量的雨水顺着漏斗形入口,倾泻着流入管道。最危险的地方也是最安全的地方。麻雀们义无反顾地钻入漏斗形入口,将这里作为筑巢和繁衍的根据地之一。难怪那些漏斗形入口处,时常会露出一些散乱的枯草来,那是麻雀们好不容易安下的一个家。

还有那些不为人知的安静角落,以及积满了杂物的死角,因为偏僻和不洁的缘故,人类的足迹很少深入到那里。最肮脏的地方也是最安全的地方。这些被人类遗忘的角落,当然也成了麻雀们筑巢的理想去处。

除了筑巢,还有更重要的食物问题。

城市地面尚未被水泥普遍硬化的时候,麻雀们还可以在裸露的地面上自由自在地跳跃,挑挑拣拣地啄食各种各样的谷物、草籽,还可以依着自己的心情,戏弄或瘦或胖的虫子、善飞或善爬的蚂蚱们。

现在却不同于以往,挨挨挤挤立起了那么多的高楼大厦,地面硬化率越来越高,挤压得泥土里的空气都难以找到出口。谷物、草籽、虫子和蚂蚱们,都不知跑到哪里去了。麻雀们为了活命,只好不顾自身安全,见缝插针般地落下,冒险飞到人们脚下,寻找可以果腹的食物。

这样一来,人间的麻雀就奇异地分成了性格不同的两个派别:

弱种子也要发芽

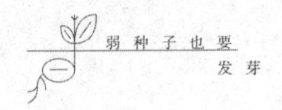

农村的麻雀和城里的麻雀。农村的麻雀特别胆小，特别怕人。听到人类的脚步声，老远就从地上飞起来，躲到高高的墙头或藏到茂盛的枝叶里去了。城里的麻雀却胆量大增，一点儿也不怕你。哪怕它们就落在你附近的地面上，离你只不过四五米远，你抬手轰赶它们，它们也不会立即飞开。因为眼前有它们赖以生存的食物，那是它们唯一能吃到嘴里的保命口粮。

十几年来，麻雀在城里的生存环境越来越恶化，它们在城里的生存能力也不知增强了多少倍。我们可不可以这样说：城里的麻雀和农村的麻雀相比，它们已经悄悄地进化到了一个新的层次？

如果真是这样，我们是该为城里的麻雀感到高兴呢，还是该为它们感到难过？

第 三 辑

你 是 在 等 我 吗

麻雀为什么要飞

　　我们住在郊区的园艺场里。这几年，里面的桃树、苹果树、梧桐树和水杉树被砍掉了大部分，剩下的没有几棵了。树木少了，虫子也就少了。原先栖息在树林里的那一大群麻雀，食物来源也减少了，它们只好四下里寻找食物。

　　园艺场里的住户很多，时常向垃圾堆里扔些菜叶、剩饭什么的。那群麻雀瞅准了这个机会，开始先是飞过来一两只，试探性地到垃圾堆上啄些东西吃。后来见没有人骚扰，它们就成群地落在垃圾堆上，把这里当成了天然餐厅。

　　我每天去单位上班，都要骑着自行车绕过那个垃圾堆。每次绕过那个垃圾堆，那些麻雀都坦然自若，没吃饱的继续享用美食，吃

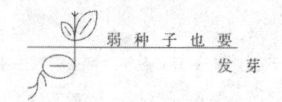

饱了的会瞪着两个澄澈的小眼睛望着我。

一个多月过去了,人鸟一直相安无事,还算融洽。

那天路过垃圾堆的时候,我突然冒出了一个念头:好久没有看到麻雀漫天飞舞的壮观景象了。想到这里,我下了车,弯腰摸起一个石块,向垃圾堆扔了过去。那群麻雀立即乱哄哄地飞了起来,天空中好像下了一阵麻雀雨,美丽而壮观。

从那天起,每次路过垃圾堆的时候,我都会神使鬼差般地下车,向那群麻雀扔一个石块,欣赏一阵麻雀雨。

十多天后,我从外面回到家里,高兴地对妻子说:"从昨天开始,那群麻雀一看到我骑着车子走近垃圾堆,就会成群地飞起来。天空中那阵麻雀雨,那叫好看呀!"妻子说:"不会吧?我骑车路过那儿,那群麻雀从来没有起飞过。有时候下了车,推着车子打那儿走,它们也不曾起飞过呢!"

顿了顿,妻子望着我,"扑哧"一声笑了。

她说:"麻雀为什么要飞?是因为你长得太丑的缘故吧?连麻雀都不想看你了,你说说自己长得多有创意吧!"

我哼了一声:"什么臭鸟儿?还挺记事的,认人。"心下却懊恼得很,路过那个垃圾堆时,再也不扔石块了。

黑蜂不识花

我们所住的平房南面，有一排法桐。法桐的南面，是一片很小很小的小树林。小树林里长满了杂草，时常飞舞着一些黑蜂和蝴蝶之类的昆虫。

这天早上，女儿想换件衣服。她拿起昨天刚洗的裙子时，里面突然传来"嗡嗡"的声音，吓得她慌忙把裙子扔在了沙发上。我捡起裙子，翻开一看，原来里面有一只黑蜂！这只被惊扰了的黑蜂，身体粗粗的，脑袋大大的。它一边在裙子里"嗡嗡"地叫着，一边慌乱地爬来爬去，像是在寻找出口。

我从小在农村长大，知道黑蜂家族的习性。它们外表凶猛，蜇起人来毫不留情。为了防止这只黑蜂飞出来伤人，我马上用两手握

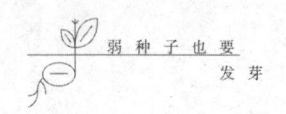

住裙子的两头，封住了黑蜂的出路。紧接着快步走出院门，把裙子搭在法桐之间的晒衣绳上，然后飞快地闪到了一边。几分钟后，这只黑蜂慢慢地从裙子里爬出来，展翅飞到空中，盘旋了几圈，随即飞走了。

女儿好奇地问："爸爸，黑蜂为什么会跑到我的裙子里来呢？"

我分析说："你这条裙子很漂亮，上面布满了五颜六色的小花图案。昨天又刚用洗衣粉洗过，散发着一股类似花香的香味。黑蜂以为它是一片美丽的花丛，就飞了进去。收衣服的时候，被你妈妈一起收到了家里。"

女儿接着问："黑蜂怎么这么傻呀？"

我想了想说："随着土地大规模开发，城里的野花越来越少，黑蜂的见识也跟着变浅。它把你的裙子当成花丛，也就不足为奇了。"

沉默了一会儿，女儿伤感地说道："会不会有一天，黑蜂连花儿也不认识了呢？"

第 三 辑
你 是 在 等 我 吗

自从以来

随手翻看毕业纪念册,又看到了那条温馨而伤感的留言:"自从以来,我一直暗暗地喜欢着你……"

这是当年毕业之际,一位女同学偷偷地留在我的毕业纪念册上的一句话。可惜的是,她欲说还休,终究没有大胆地写上自己的名字,只把蓓蕾开在了自己的心间。我至今还在困惑:她到底是谁?为什么犹抱琵琶半遮面?为什么在我面前刚弹了一个音符,就悄悄地转身离去?为什么要留给我一个终生难以破解的谜?

妻子扫了毕业纪念册一眼,也看到了那句留言,酸溜溜地旁敲侧击起来:"自从以来……好暧昧的一个词啊!让我帮你好好想一想,是自从什么以来呢?帮她打了一份饭菜?考试递了几个小抄?还是

操场上拉了一次手?"我笑嘻嘻地回应说:"别胡扯了!我哪里帮谁打过饭菜?哪里给谁递过小抄?哪里拉过谁的手?"

敷衍了妻子几句话后,我凝神思索起来:到底是自从什么以来呢?印象中怎么就没有这么一个人呢?

妻子换了一副表情,板着脸,有些严肃地说:"你又不和我认真说话了不是?又不理人了不是?不就是一个病句吗?省略或者隐瞒了什么,我想你是不会告诉我的。自从以来,我看你就开始敷衍我了……"

她的话让我一怔,陷入了更深的思索之中。

"自从以来,我一直暗暗地喜欢着你……"这句话,从语法上来讲确实是一个病句。它省略了一个已经成为过往的事件,这一省略,与其说是女同学对我犹抱琵琶半遮面式的表白,倒不如说是我在感受上过多地忽视了别人的存在。比如妻子所说的我对她的"敷衍",在日常生活中肯定是有的。只不过,我同样也想不起来是"自从什么以来"了。

事实上,我们对别人的付出常常不太在意,以致忽略了她们点点滴滴的关爱。因而在很多人的心目中,便有了"自从以来"这样委婉而缠绵的倾诉。

第 三 辑

你 是 在 等 我 吗

原来你们在这里等着我

在美丽的大山深处,有一个不幸被大火烧伤了脸庞的女孩。

她满脸疤痕,嘴唇外翻,让人看了一眼不敢再看第二眼。学校里的小朋友都害怕她,不愿接近她。十岁了,她还没进过教室的门,没摸过一次课桌,没闻过课本的书香。她家里很穷,没钱给她治疗。父母万般无奈,很替她担忧:这个样子,长大了怎么嫁人,怎么过日子?

因为心地单纯,她对自己的未来没有想这么多,只是常常坐在门前的老榆树下,翘着羊角辫,小手托着腮,静静地望着山脚下的学校,一遍又一遍地想:"我什么时候才能到学校里去上学呢?"

后来有位电视台的记者到山里来采风,在老榆树下看到了这个

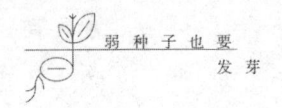

女孩。他被女孩清澈而又略带忧伤的眼光刺痛了,决心要帮她一把。

他把女孩的生活情况拍成新闻特写,在电视上播出了。更多的人知道了女孩的遭遇,纷纷给电视台打电话,询问资助事宜。一家医院还把女孩接了过来,承诺免费为女孩做整容手术,资助女孩上学。如果女孩愿意,大学毕业后,还可以到这家医院来工作。

面对诸多好心人,女孩非常激动,随口说出了这样一句话:"原来你们在这里等着我!"

在繁华的都市里,有一个初入职场的青年。

说文雅一些,他是一个职场新人。说通俗一些,他是个青瓜蛋子,什么职场经验也没有。由于不懂"规矩",很长时间不能合群。

他很苦恼,也很困惑。

山花遍野的时节,同事们相约去爬山。奇石怪松,峰回路转,真是一个休闲养心的好去处!大家弯腰避开头顶的松针,前呼后拥,嘻嘻哈哈地前行着。一声接一声的鸟鸣传来,却看不到鸟儿在哪里。时不时还会冒出一两只野兔,急急地向松林深处窜去。

渐渐地,他与大家的距离越拉越远。眼看着众人拐过一个弯,把一棵老栗子树甩在了身后。等他赶到那里时,已望不到人影,听不到笑声。

他掉队了!根根的松针不理他,朵朵的野花不理他,簇簇的杂草也不理他,周围静得让他心慌。在一块巨石脚下,他甚至看到了一条青蛇。它悠然自得地盘在地上,旁若无人地昂着头,"咝咝"

地吐着信子!

他本能地逃离那里,高一脚低一脚地向前追去。追了半天,也没能追上大家。他懊恼极了,一屁股坐在草地上,不想再追了。这时,身后传来一阵兴奋的喊叫声,消失了的同事们从松林里冒了出来。他们高声喊着他的名字,以极快的速度跑到他身边,把一个缀满淡紫色小花的花环戴在了他头上。

他有一种想哭的冲动:"原来你们在这里等着我!"

男孩和女孩,不管遇到多大的困难,人生的路上你不要停,请鼓足了劲,尽管向前走,因为总有人在那里等着你!

弱种子也要发芽

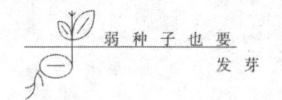

打开了一本新书

大大小小、形形色色的节日,像人生中一个个的驿站,一处处的风景。你打马走过,目光掠过,身后留下一串串岁月的铃声,一个个模糊的片段。时间是位多情的游客,引领你在人海中周游了365天后,跑到单位大门两侧,竖起了"庆祝元旦"两块大牌子,好像打开了浓墨重彩的一本厚书。

沐浴着新年的第一缕阳光,用羽绒服、棉手套武装起来的邮递员,匆匆地将一摞报纸交予单位的传达室人员,然后又忙着抵达下一个目标。当你嗅着清新的墨香,打开新年的第一份报纸的时候,"庆祝元旦"四个大字,像四个鲜红的小灯笼,照亮了你红润的脸庞。看着报纸上那些浓眉大眼的标题,读着那些裹挟着喜庆气氛的文字,

第 三 辑

你 是 在 等 我 吗

还有那些朴实无华的副刊插图，不知不觉你又站在了元旦这条起跑线上。

脸上隐约可见的皱纹，是岁月到此一游的宣言。平时忙得连思考的时间都没有，此时你索性什么也不干，抽出个把小时痛苦地深沉了一下。你呆呆地托着腮，不知为什么，忽然就想起了小山村里的那个电工组。颜色暗淡的瓦房，在白雪的映衬下显得更加暗淡。屋顶上瓦沟里的积雪，正在慢慢地融化，反射着看上去白花花，实际上一点也不毒的阳光。院子里一片寂静，地面上依稀可见小鸟光顾过的爪痕。资料员小刘——那个刚刚招聘来的大学生，正伏在桌子上整理工作日志和报修记录。一大早，电工组长和电工们就顶着刀子似的小风，踏着吱吱作响的积雪，到村里抄电表去了。他们拿着抄表卡片，扛着长长的竹梯，刚从一条幽深的小巷里钻出来，一转眼又消失在另一条僻静的小巷里。

思绪和烦恼一样，常常无来由地飘着。一年就这样过去了，一天就这样开始了。工作是这样的，生活也是这样的。天天给单位写总结、搞材料的人，一时还忘了给自己做个总结。不过想想自己，还真的无什么特别的话可说。往事如流水，似风吹，太深的记忆总是难以启齿，浅薄的思绪又不能聊以自慰。对于自己，你既是作者，又是读者，回顾自己走过的路，就好比是作者读自己写过的文章，一年、一天，辞旧迎新，仿佛是刚刚读完了小学五年级的语文、数学和自然，又忙着去读六年级的数理化。

弱种子也要发芽

青春总是不知不觉地就没了,转眼别人的青春又在你眼前忽悠忽悠地闪着亮光。看看身边的人,发发自己的感慨,不论是在天涯,还是在海角,不论是贩夫,还是走卒,生活就是这样坚持下来的。抬头看,向前迈,也是不知唱过了多少遍经久不衰的老调。一年悠悠到头,就到了元旦。这一天,也好像过得特别快,你不知不觉就打开了一本新书,在属于自己的位置上不声不响地翻开了第一页。

第 四 辑

做你自己的禅师

过早的幸福是用来挥霍的,迟来的幸福是用来珍惜的。离幸福越来越近,走在通往幸福的路上,也是一种幸福。这种由苦及甜、由悲及喜的大团圆式的结局,尽管有些俗气,但那熟悉的烟火味,不正是我们所期盼的吗?

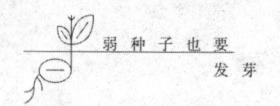

卧面朝下

望仙院一带家境较为殷实的富户刘大胖，愁眉苦脸地找到了望仙院方丈，诉说道："我想让我儿到济南学经商，他却不解我的心意，偏要去江南学造船。你说他一个旱鸭子，怎么就动了造船的念头？"

方丈拂身轻移，微微一笑："请跟我来！"

刘大胖尾随在方丈身后，不大会儿，来到了附近一片瓜田内。此时的西瓜，正在生长期，顶多也就五六成熟，还青涩着呢。刘大胖不解，方丈为何带他到这里来？

方丈仍旧一副笑模样。他眯缝着佛眼，指着一个西瓜，对刘大胖说："你把它翻过来！"

刘大胖心想，哎哟，我的方丈啊，您又在打哪门子主意，故弄什么玄虚？不就是把西瓜翻过来吗？这还不简单？他挽了挽衣服袖子，弯下腰来，伸手去翻那个西瓜。不料西瓜又大又沉，刘大胖翻了几下，没翻动。他换了个姿势，再一用力，西瓜倒是翻过来了，瓜秧却被他的蛮力给扭断了。

方丈摇头叹息说："西瓜卧面朝下，本为天然，你何苦硬要把它翻过来呢？每个人都有自己的'卧面'，你家公子亦是如此，何必对其苦苦相逼呢？"

是的，如同卧在地面、不动声色的西瓜一样，每个人都有自己的"卧面"。

假如有人，哪怕是你的至亲和至爱，想插上一手，借助他们的影响力，改变你的"卧面"朝向，使其向上、向左、向右，或者左上、右上，都有可能费力不讨好，使双方都感到别扭和憋气，甚至导致一方受到伤害，或者是两败俱伤。

在类似情况下，对方这种想"翻一下"的出发点是好的，但是不能野蛮和粗暴，要注意角度，注意力量。适度地"翻一下"，甚至几下之后，如果没有什么效果，就应该考虑放手了。

在望仙院方丈的启发下，刘大胖容颜舒展，终于肯放儿子南下。

后来，沂河通航。专注于"卧面"的儿子学成归来，开了一家造船厂，恰逢其时地把事业发展了起来。

尊重他人的本性，使其自然地保持"卧面朝下"，亦是与人为善、助人成功之道。

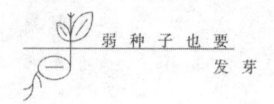

只有瓜田,没有瓜棚

相传,唐朝时有一农夫,尝试从外地引进西瓜培育技艺,在望仙院附近种植了一亩西瓜。在农夫的精心照料下,西瓜长得滚瓜溜圆,陆续开始成熟。

农夫喜上眉梢,于骄阳下摆开了瓜摊。谁知接连几天,也没盼来几个来买瓜的。农夫非常失望,守着一地的西瓜,急得嘴上起了好几个燎泡。

这时,望仙院方丈外出回寺,路过农夫的瓜摊。出家人向来以慈悲为怀,见不得别人受困有难。方丈发觉农夫脸上布满了愁苦,下意识地停下脚步,望着冷冷清清的瓜摊,沉思了起来。农夫知道方丈见多识广,说不定有什么法子能帮自己摆脱困境,于是赶忙躬身施礼，恳请方丈指点一二。方丈也不客套，拈着胡子留下了一句话："只有瓜田，没有瓜棚。"

是啊，这么热的天气，没有瓜棚，怎么留得住行人，卖得出西瓜呢？农夫赶紧找来棍棒和茅草，在瓜摊上方搭建了一个瓜棚。这个法子果然见效！炎炎烈日下，很多行人路过此地，难免口渴，索性买了西瓜，请农夫拿刀剖开，边乘凉边大快朵颐。自此，农夫的瓜棚下，时有买瓜人聚拢。眼见人气渐升，西瓜销量渐增，农夫又变得开心起来。

瓜棚傍瓜田而久立，瓜田因瓜棚而兴盛。很多时候，我们的事业发展迟缓，或者人才引进受阻，都不是毫无来由的。究其原因，还是配套措施不够完善，正如望仙院方丈所言："只有瓜田，没有瓜棚。"作为创业者，我们总是太注重于修整自己脚下的那片"瓜田"，而忽略了搭建那方可以为他人遮风挡雨，送去清凉与庇护的"瓜棚"。

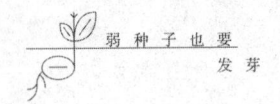

物佛

在蒙山，偶遇一位参禅的朋友，他给我讲了这样一个故事：

做鞭炮的商人家里来了一位禅师。

闲谈中，商人问禅师："佛有什么用？"

禅师说："人可不入佛门，但不可无佛心。"

商人把禅师引进了专门用来做鞭炮的房间。那里面，除了一堆堆的鞭炮成品和原材料以外，地面上还挖了一口深井。

商人指着那口深井，扬扬自得地说："我做鞭炮，讲的是安全，一发现事故苗头，就把手中的鞭炮扔到这口深井里。即使鞭炮爆炸了，也不会伤到我和我的家人，更不会伤到周围的无辜。你看我这样一个人，不欺人，不欺己，谁也不欺，是不是佛心兴盛之人？"

禅师笑了:"这口井你欺它了没有?它多次被你投入鞭炮,内壁炸得坑坑洼洼,里面的井水也不知被你的粗暴惊扰过多少次。你说你没有欺它,自觉内心安然,难道是因为它暂时不能追究你的责任的缘故吗?"

商人一时语塞。

禅师说:"物也是佛。每一件物品都有它自己的佛心。一个人如果能够做到不欺人,不欺己,也不欺物,那才是真正的谁也不欺。"

商人问禅师:"我该如何弥补我的过错?"

禅师说:"从佛那里取走的,要还给佛。"

商人心智顿启,主动拿出一些财物,用来植树种草,疏通河道,资助周围的穷人和困窘的学子。

故事讲完了,我沉浸在深深的思索当中。

大自然是最大的物佛。那些开山取石的,那些掘地挖宝的,他们从大自然那里取走了什么,又还给了大自然什么?

静物纳垢

一哥们偶遇禅师，真诚地请教："我在原来的部门干了很多年，对这个部门有了感情，工作成绩也不错，上司为什么把我调到另外一个地方？"

禅师指着身边的一个石墩问："这石墩上面干净吗？"

这位哥们说："一尘不染，可以放心地坐下。"

禅师又指着石墩周围的地面问："这地面干净吗？"

这位哥们说："清洁养眼，打扫的人下了功夫。"

禅师用力挪开了石墩。

这位哥们一眼看到，石墩下面的地面上附着了一些脏东西。照此推断，石墩的底部也免不了受到沾染。

禅师问："这石墩下面干净吗？"

这位哥们说:"没想到这么脏!"

禅师问:"知道石墩下面为什么这么脏吗?"

这位哥们说:"不清楚。"

禅师说:"静物有定势,易于积聚和藏污纳垢。如果时常挪动和清理,就能保持净美,不致如此污浊。"

这位哥们由衷地说:"您的告诫,结合身边小事,循循善诱,深入浅出,使我深受教益,明白了一个大道理。"

是的,静物纳垢!这种例子在我们身边还有很多。我们看不到静物下面的污垢,并不代表它们不存在,只是被世俗的心所忽略而已。我们不妨顺着生活的足迹,细细地检点一番,深深地思考一回:

家中的桌椅、沙发、卧榻和花盆,如不及时搬动、清理,下面定会积聚很多的垢物。

门锁不常开,定会积锈、坏掉。

地上的石块不常翻动,定会引来蝎子、蜈蚣和蚰蜒等毒虫潜伏。

树上的枝叶不借风势而动,定会被尘土包裹和淹没……

其实,何止是物,人亦此理。

久坐不动,身易生疾;百步走来,定会身心通泰。

脑袋僵化,清新之气难入;思路广开,方能吸纳百川。

长居陋室,拘人于一隅;游走四方,赏得天下美景……

静物纳垢,动而去之。唯愿世人的身体和灵魂,时常保持动势,追求动静和谐的大境界,尽驱污垢于身心之外。

拿走烟灰缸的那个人

火车上，我遇到了一男一女两个与众不同的人。

他们轻声交谈着。我听出来了，他们是两位作家，谈的是佛理。

女作家问："什么是佛呢？"

男作家说："我不吸烟，但我会在吸烟的人们面前放置一个烟灰缸，引导人们把烟灰弹到烟灰缸里面。做到了这一点，我就是佛。"

女作家说："我不会像你那样做的。我会把那个烟灰缸拿走，让吸烟的人们找不到可以肆意吸烟的环境。我的看法正好和你相反，佛不是放置烟灰缸的那个人，而是拿走烟灰缸的那个人。"

佛就是拿走烟灰缸的那个人，是吗？

如果在一个地方放上一个烟灰缸，就会有人在那里吸烟，心安理得地把烟灰弹到里面。

如果在一个地方放上一副扑克牌，就会有人丢掉手头的工作，沉溺于那些红桃、黑桃、方片和梅花之间的游戏。

如果在一个地方放上一根木棍，就会有人把它当作武器，挥动它来打人。

如果在一个地方放上一把尖刀，就会有人甘愿做凶手，用它来杀人。

如果在一个地方放上一袋垃圾，就会有人把这里当成垃圾场，跟着扔下一袋一袋的垃圾。

没错，佛就是拿走烟灰缸的那个人。他还拿走了我们身边的扑克牌、木棍、尖刀和垃圾……

弱种子也要发芽

轻和重

宝泉寺的僧人在南涞河边打了一口水井。因为井水里含有很多矿物质,种地都不用上肥料,青菜长得又肥又大,好吃得很。僧人们在这里吃斋念佛,过着神仙般的日子。

寺庙附近有一个快要成精的葫芦妖。葫芦妖来到世上后,已经做了99件坏事,只要再做成一件坏事,就可以变成精。它悄悄找到了河里的老乌龟,使坏说:"不能再让僧人在水井里打水了!这样下去会把河水弄干,到时候大家都没法活!"老乌龟听信了葫芦妖的话,心想:我还是把这口水井给拆掉一半吧,这样水井里就存不住水,僧人们无法继续打水,河水也就保住了。老乌龟想到做到,立刻施展本领,把水井拆掉了一半。眨眼间,水井变成了半边井,无法再从里面打水。葫芦妖可高兴了，它马上就要成精了，直夸老乌龟干得好。

宝泉寺新上任的方丈十分恼怒，却拿葫芦妖无可奈何。着急间，来了一位慈眉善目的老太太。她轻轻挥动手中的拂尘，指着半边井喊了一声"起"。那口井虽然还是半边井，但是井水却神奇地喷涌而出，僧人们又可以从里面打水了。葫芦妖知道遇上了神仙，非常害怕，转身跳到了河里。方丈见有高人助阵，想亲自镇住葫芦妖，帮自己在寺院里树立威信，就纵身向葫芦妖身上跳去。葫芦妖很狡猾，全身的浮力也大得很，它东奔西窜，挪移不定。方丈三番五次地跳到它身上，都被它狠狠地甩到了水中。葫芦妖暗暗得意，借机继续逃窜。那位老太太倏地飞起来，稳稳地落到了葫芦妖身上，任凭葫芦妖上浮下沉，左翻右滚，她总是保持着优雅的姿势，不歪斜，也不落水。葫芦妖折腾来折腾去，精疲力竭，再也无计可施，最后元气尽失，变成了一个葫芦形的小岛，再也无法为祸人间。

方丈凝神观战，甚是惊奇。降服葫芦妖后，老太太现了原形，原来是观音菩萨云游到此。她微微一笑，对方丈说："我送你两个字。第一个字是'轻'，心无杂念，才能身心轻松，才能在奇形怪状的葫芦上面立住脚。第二个字是'重'，心里装着老百姓的人，自身才有分量，才能压得住妖气，镇得住邪恶。"

轻和重，是如此的辩证，如此的统一！方丈顿有所悟，遂依此理念治寺，终将宝泉寺打造成了古沂州"四大名寺"之一。

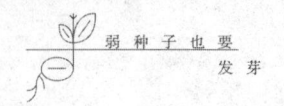

做你自己的禅师

年少时,他听父亲说起禅,很高深很神奇的样子,而且一副敬畏的神态。他问父亲:"什么是禅?"父亲没有直接回答他的问题,而是说:"禅,在禅师那里。"

他接着问父亲:"禅师在哪里?"父亲静默了片刻,抬手一指说:"禅师在每一个人前行的路上,找到适合你的禅师,就等于找到了成功之路。"

哪个少年不向往星光大道?哪个少年不渴望花团锦簇?自此,他做梦都想找到适合自己的禅师,而且为实现这个目标付出了说不清的努力和艰辛。

颇感庆幸的是,在人生接下来的第一个十年里,有人添柴助燃,为他引见了一位禅师。来到禅师面前，他略带羞涩地低下头，说明了自己的来意，虚心再虚心地求教。孰料禅师却说："我不是你的禅师。"他心中一颤，意欲问个究竟。禅师摆摆手说："前行的路刚刚开始，哪能这么容易就找到适合你的禅师呢？"

哦，也许自己真的是太性急了，也许自己的付出还不够，他为自己的鲁莽，更为自己的急功近利而感到惭愧，但是他坚信自己和禅师有缘，禅师正在离他不远的地方拈花微笑，静候他的到来。他不再被动地接受别人的引荐，不再没头苍蝇似的乱冲乱撞。他决心凭借自己的才气和毅力，穿过滚滚红尘，找到适合自己的那位禅师。

在第二个十年里，他果真又找到了一位禅师。他很兴奋，坚信这位禅师就是适合自己的禅师。他暗暗给自己鼓劲说："天不负我、地不负我、人不负我、我不负我。这次，我一定是找到适合自己的禅师了！"可是这位禅师同样说："我不是你的禅师！"他万分不解，搞不清哪里出了偏差。禅师说："天不负、地不负、人不负，可天地之间还有万事万物，万事万物负了没有？世上有向前方的路，有向后方的路，有向左边的路，也有向右边的路。人生的路途，不止一个方向，不止一两段，你拐了多少弯，走了有多远？"

禅师的话，点点面面、回回旋旋、深深浅浅、虚虚实实，像烟雾一样萦绕在他眼前，但是这位禅师终究也是一位过客，不是自己的禅师。他唯有继续寻找，在彷徨和纠结中历练着自己。人生的又一个十年，就这样过去了。

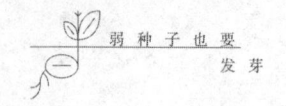

嗯,是过去了,像一阵微风过而无痕,像一缕青烟在记忆中飘散。不说他的家庭、不说他的事业、不说他的财富、不说他的健康,也不说他的朋友……单说有这么一天,他回乡下看望父亲。冬日暖阳中,父亲已成白发老翁,他自己也有了些许白发。父亲问:"找着你自己的禅师了吗?"他说:"找着了!"父亲又问:"在哪里?"他指了指自己:"我就是。"

父亲"哦"了一声说:"那,我也是。"

庭院里,父子二人对望一眼,意味深长地笑了。

人世间,寻找禅师的过程,就是自我修炼的过程。只要肯努力,肯付出,禅师会离你越来越近,直到与你合而为一,融为一个整体。

茫茫人海中,你就是自己的禅师。

不完美的父爱

男子汉，小时候，你觉得父爱很完美。

那时候，父亲的手掌是神奇的：轻轻抚摸你毛头的感觉是温暖而亲切的，高高举起你身体的感觉是惊险而刺激的，双手环抱着送你下河试水和洗澡的感觉是安全而可靠的，牵着你的小手走夜路回家的感觉是有方向和有奔头的。

那时候，父亲的目光是悠长的，脚板是坚定的。你从没想到过要将自己置于父亲的目力所及之外，也从没打算过要逾越父亲的双脚所圈定的地界。你愿意在父亲那片眼波里徜徉，也愿意将自己的小脚印再次印在父亲的大脚印上，享受那种重复和契合的乐趣。

那时候，父亲的身躯是高大的，仿佛就是伟岸的山，仿佛就是

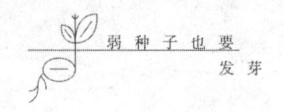

挺拔的树。他不但有宽广厚实的胸膛，可以供你随时依偎，还可以当作高头大马，任你来骑。小小的你因而有了一种征服感，隐隐滋生了一股扩张和叛逆的野心。

那时候……

那时候……

是啊，那时候，总是有太多太多的那时候，曾经占据你幼小的脑海，让你一度觉得父爱离你很近，形象很完美。

只是，后来……后来的后来，这一切慢慢发生了变化。父爱仿佛一个背影，在你的视野里渐行渐远。男子汉啊男子汉，你开始变得挑剔起来。你开始觉得父亲无能，也就是说，你要求父亲必须"能"，能说会道，能挣钱，能养家，能保护他自己不被别人欺负，能庇护全家人也不被别人欺负。如果有任何一项不能，都会沦入"无能"的范畴。你甚至开始觉得父亲窝囊，觉得父亲貌不惊人，性格懦弱，做事畏畏缩缩，处世低声下气。也就是说，你要求父亲必须"强"，任何时候都必须保持一种顶天立地的气势，凡事都要奋勇争先，都要出人头地。如果流露出一丝一毫硬撑的迹象，或者出现一厘米的退缩，都可能会得到"不强"的差评。

这时候，你已长大成人。细数起母亲的缺点来，可能没有几条。细数起父亲的缺点来，却总有那么一大堆。男子汉啊男子汉，你开始对父亲和母亲滋生出两种不同的感觉，开始用两种不同的标准来评价父亲和母亲。在你看来，母爱总是一轮满满的圆月，皎洁、澄净，

第四辑
做你自己的禅师

而又温暖。父爱则是被天狗咬了一口或者几口的圆月,看起来残缺、黯淡,倍显冷清。虽然有时也会恢复满月,但说不定什么时候又会被天狗咬上一口或者几口,充满着变数和缺憾。

男子汉啊男子汉,你用你自己制造的"放大镜",看到了父亲的粗糙,看到了父亲的不完美。小时候、长大后,是人生必经的两个阶段。它们虽是同一条时光河流里的水流,你对父亲的感觉却有了一条明显的分界线。线这边和线那边,泾渭分明,区别是那么明显。你对这种现象感到深深的困惑,甚至怀疑某一种感觉欺骗了你,让你产生了错误认知,你不知道这种感觉会将自己欺骗到什么时候。

直到有一天,在一座寺庙,你遇到了一位禅师。

禅师说,不完美的父爱,才是真实的父爱。不完美本身就天然地存在着,原先你没有看到它们,是因为父爱把它们隐藏了起来,只把完美的一面展示给子女,将不完美的一面化为孤独,深深埋在心间,独自默默承受着。

男子汉啊男子汉,你觉得父爱不完美,那是因为你长大了。你渴望能比父亲做得更好,因而看到了太多的不完美。从现在开始,你要做得更好,变得更优秀。因为你早晚都会成为父亲。因为你就是一位父亲。

男子汉啊男子汉,将近老时候你才完全读懂了父亲。父亲的背影突然转身,影影绰绰地向你走来,慢慢地和你重合在一起,深深地融入你的灵魂。而这时,父亲已经到了更加苍老了,今后恐怕连

背影也不能再见。想到这里,那些不完美的父爱,瞬时像潮水一样涌来,第一次触及你柔软的内心,第一次使你泪流满面。

从此,你真正理解了父亲!

从此,你是一位真正的男子汉!

第四辑

做你自己的禅师

禅师和顽童

田野里，有一片方瓜地。

放眼望去，一大片深青色的藤蔓和叶片，满地里爬着、立着，各占各的空间。比藤蔓和叶片更高的，是黄灿灿和娇嫩嫩的钟形花冠，满目金黄，耀眼夺目。还有一群天生勤劳的蜜蜂，飞来飞去，飞上飞下，一刻不停地忙碌着。

有一个顽童，前来凑热闹。他攀着地堰，手抓脚蹬，意欲进入方瓜地内，开辟新的"战场"。谁知地堰太高，顽童估计不足，没有抓牢，眼看就要跌落下来。一位禅师路过此地，快步向前，拦腰抱住了顽童。顽童虽然受此惊吓，但是并没有忘记自己的目标，仍然想攀上地堰。禅师的手，紧紧地抱着顽童，并没有松开的意思。

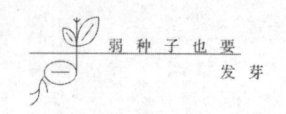

禅师说:"我可以把你抱下来吗?"

顽童说:"不可以,我要到方瓜地里去。"

禅师说:"我能猜出你到方瓜地里去干什么。那里的东西都很可爱,我不想让你去干打扰它们。你瞧,它们生活得多么悠闲和安静!"

顽童说:"我凭什么要听你的?我要到方瓜地里去!"

禅师说:"我还是不想让你去打扰它们。"

顽童说:"你不想让我到方瓜地里去,干脆把我抱下来好了。"

禅师说:"你心里的想法没有改变,我不会强行把你抱下来的。"

顽童说:"瞧你那婆婆妈妈的样子,我看了烦心!你不如好事做到底,助我一臂之力,把我托到方瓜地里去吧。"

禅师被顽童逗乐了:"那好,我听你的。"

禅师双手往上一托,顽童顺势翻过地堰,站到了方瓜地里。

顽童回头,扮了个鬼脸,吐了吐舌头,对禅师说:"你可以走了。"

禅师不语,兀自翻过地堰,也站到了方瓜地里。

顽童不解:"你怎么还不走?"

禅师说:"我听了你一次话,你也要听我一次话。"

顽童说:"行!你说,要我怎么听你的?"

禅师说:"你这次到方瓜地里来,是不是打算乱转一气?"

顽童说:"是。"

禅师说:"你是不是还想掐掉一些方瓜花?"

顽童说:"这你也知道?"

禅师说:"你得答应我,在方瓜地里不要乱转,只能掐掉一朵方瓜花。"

顽童挠了挠头说:"好吧,我听你的。"

方瓜地里,那些看似凌乱而又有序的藤蔓,看似卷曲而又向上的茎须,看似匆忙而又自在的蜜蜂,被看似毒辣而又多情的太阳照射着,通通镀上了一层金光。

一只蜜蜂飞来,落在附近一朵方瓜花的边沿上,收拢翅膀,爬行几步,紧接着"呼"地飞起,落到了长长的钟形花冠里面。

顽童屏息静气,靠近那朵方瓜花,探头向花冠里望去。那只蜜蜂正停在底部的花蕊上,忙着采撷嫩黄的花粉。顽童伸出右手,以极快的速度捏拢花冠顶部,封住了出口。那只蜜蜂发觉不妙,"嗡嗡"乱叫着,急急地撞击着花冠内壁。顽童伸出左手来,打算掐断花梗,把花冠连同里面的蜜蜂带回家去把玩。

禅师喊道:"且慢!"

顽童停住了手,问禅师:"你又要打什么鬼主意?"

禅师目光深邃地注视着顽童,神秘地说:"你别再掐花梗,同时把蜜蜂也放掉,一定会有意外收获。"

顽童慢慢松开了手。那只蜜蜂逃出花冠,一溜烟飞走了。

顽童问禅师:"我还没有看到你说的意外收获。你能告诉我它们在哪里吗?"

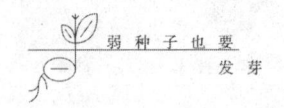

禅师说:"难道你没有看到,刚才你停止了对两条生命的伤害?那只蜜蜂和那个花冠,都活下来了。这就是你的意外收获!"

顽童低头想了想说:"还真是这么回事!"

接下来,是短暂的沉默。

顽童忽然想到一个问题,于是问禅师:"你是谁?"

禅师说:"我是我。"

禅师反问顽童:"你是谁?"

顽童说:"我是我。"

禅师说:"现在我从你手里救了两条命,我不再是原先的我了。"

顽童说:"那我也不是原先的我了。"

禅师笑了。

顽童也笑了。

他们的笑容那么真诚,那么灿烂,散发着高贵的钟形花冠般的光华。

只要肯播撒仁爱,人生的每一刻都是崭新的、绚丽的。生活的情趣、生命的意义,也会在这一刻得到充分的诠释。

松针沾月露

还是望仙院香火鼎盛那会儿，不远处的刘家店子村有一位远近闻名的书法家。有一天，这位书法家不小心摔倒在台阶上，右手赖以握笔的中指骨折。他赶紧请了名医精心治疗。无奈伤好后，每次握笔写字，中指仍是隐隐作痛，就此留下了后遗症。

打这以后，迫于指疾的影响，书法家再写字时，特别是在写长一些的笔画时，写到三分之一，或者一半，或者三分之二和四分之三的位置，或者还不到这些位置，只是在这些位置的前面，笔力就达不到了。他不得不松一松手指，轻轻活动那么一两下，等感到手指不疼了，再继续运笔，把尚未写完的笔画写完。如此这般，一个字写下来，一个笔画往往就有了一个、两个或者三个明显的顿挫之处。

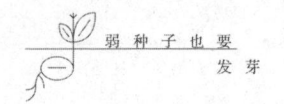

书法家写出来的字，行笔断断续续，气势锐减，看起来就不如以前流畅了，也不如以前美观了。

大家都替书法家感到惋惜，书法家更是难过。他刚到中年，可不想自己的艺术生命就此中止。

书法家来到望仙院，找到方丈，诉说着自己的苦恼。方丈也不多说，领着书法家来到北山上的一片松树林子里。他对书法家说："你对着这些松树好好参悟，悟透了方可回家。"撂下这句话后，方丈就回望仙院了。书法家独自坐在山石上，把自己坐成了一棵古松。这一坐，就是一天一夜……

几年后，书法家技艺大进，所写笔画如同古松虬枝，自成一体。世人对书法家的转变甚为不解，纷纷探问究竟。书法家解释说："那天我在松树林子里参悟，直到月上松梢，露水湿了松针，这才悟出了真谛。您看那千年古松的虬枝，哪一枝不是经历了意外断折，甚至是刀砍斧斫？哪一枝不是忍着苦痛，沿着伤口处继续生长和延伸，曲曲折折地长成了现在的模样？我索性就学这古松虬枝的品格，忍着中指疼痛，日复一日地练习，终于突破了指疾的局限，使得笔画在顿挫处得到了很好的接续，于是就有了现在这种似断非断、断而实续的书写风格……"

一百多年后，书法家的遗作成为世人争相收藏的珍品。在电视台的一档鉴宝节目中，有一位收藏者展示了他所收藏的一幅书法家的作品：松针沾月露。现场一位专家却断定，这是一幅赝品。

那位专家说:"看落款年月,这幅字是书法家晚年的作品。'松针'二字当中的两个竖,'月'字当中的撇和横折钩,都是长笔画。参照书法家突破指疾局限而形成的书写风格来判断,这三个笔画应该是似断非断、断而实续才对。可是现在看起来,它们都是一气呵成,丝毫没有中断的感觉,因而可以断定,这是一幅赝品。"

书法家因势利导,将自身缺陷化为优势,从而创出独特笔法的经历,重新引起人们的热议。世人对他的作品也更加关注起来。

弱种子也要发芽

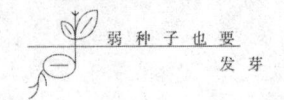

组词填空

师傅折了根树枝,在地上出了一道组词填空题:(　　)风(　　)雨。

小徒弟也折了根树枝,以枝作笔,组成了"大风大雨"。师傅看了看说:"这个词语概括性地说明了风之大和雨之大,是生活中比较常用的组合。"

小徒弟伸手把两个"大"字抹掉,组成了"疾风骤雨"。师傅说:"这个词语突出了风速之迅和雨势之猛,读起来文绉绉的。"

小徒弟把"疾"和"骤"两个字抹掉,组成了"微风细雨"。师傅说:"这个词语突出了风小雨细,柔和而又有诗意。"

小徒弟把"微"和"细"两个字抹掉,组成了"凄风苦雨"。师傅说:"这个词语使人感到悲苦和凄凉,有一股伤感的气氛。"

小徒弟又把"凄"和"苦"两个字抹掉,组成了"横风竖雨"。师傅说:"风是平着吹的,谓之横;雨是自天而降,谓之竖。这个词语描绘出了风雨纵横交织的态势。"

小徒弟调皮地问:"师傅,会不会有这么一天,人们惹恼了风和雨,从此风不再横着刮了,而是从地面竖着刮向空中;雨也不是自天而降了,而是从江河湖海里升到空中?"

师傅怔了怔说:"你这个想法,也……也很有可能!"

一直肃立于一边观摩的大徒弟深感不解。等小徒弟负手离去后,他问师傅:"您为何对他如此纵容?"

师傅乐呵呵地说:"纵容?我倒没觉得这样。你是我最得意的弟子,尽得为师真传。现在,你已和我无异,若他再和我无异,我收他为徒还有什么意义?"

大徒弟默然无语,凝神思索起来。

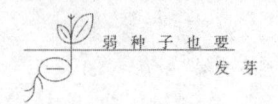

会移动的树

一年轻人远到千里之外的小城谋生。在那里,远离父母,举目无亲,连个同学也没有。他心绪茫然,看不到一丝希望。

年轻人索性以旅游为解脱,双休日里,短途或长途地跋涉,进深山、钻老林、觅野趣、浴清风,期冀以此摒除内心的烦恼。可这毕竟是外力,无法清除忧愁的根基。短暂的放纵后,年轻人反而愈加烦躁起来。

一日,年轻人在山径边小憩,偶遇望仙院主持。

主持见年轻人满脸疲惫,动了恻隐之心,打算予以开导,于是问:"你能用一句话概括你现在的人生感受吗?"

年轻人说:"我有一种被连根拔起的感觉。"

主持说:"那,你就是一棵树啊!"

年轻人说:"一棵树?"

主持说:"是的,你就是一棵树。其实人人都是一棵树,人人都有被连根拔起的时候。比如到外地求学,到外地工作,到外地定居,等等。这时候我们就会被连根拔起,扔在异乡的空地上。"

年轻人问:"这时候该怎么办?"

"做一棵会移动的树!"主持说。

"会移动的树?"年轻人问,"树怎么会移动呢?"

"人人都有移动的本能和潜力。当你被连根拔起,扔在地上暴晒时,你必须移动起来,寻找有水分、有养分,适合你成长的地块,在那里挖一个坑,自己给自己填土,重新把根扎下来。"主持解释说,"不这样做,你就会渴死、饿死,无法生存下去。"

"我明白了!"年轻人说,"但是还有一点我不明白,我和您素不相识,您为什么对一个陌生人这么热心?"

"因为在佛的眼里没有陌生人啊!"主持说。

是的,佛的眼里没有陌生人。同样地,如果你大彻大悟,如果你是一棵会移动的树,所有的异乡就都不是异乡。那里的人和物,同样值得你珍惜,值得你爱恋。如此而言,何来忧愁?何来烦躁?

动静有真意

陕西商洛电视台副总编姚书铭先生，生于商南县丹江中游的姚家楼村，因而自称曰"姚家楼子"。先生经历甚为丰富，曾当过农民、副业工、文化馆员和记者等，著有《拾到篮里都是菜》一书。

在新作《示儿》一文中，先生写道："他知道我半辈子和文字打交道，寂寞时用钢笔写小字以制静，浮躁时用毛笔写大字以制动……"

先生的话，颇具禅意，我一时参悟不透。于是，在QQ上加先生为好友，并冒昧留言曰："寂寞时用钢笔写小字以制静，浮躁时用毛笔写大字以制动——我最近研究写禅语，想搞清楚这句话的意思。为什么这样？呵呵。"

先生却看得很淡,回复说:"没有啥含义,只是自己生存方式的写照而已。"

我是搞文秘材料和新闻宣传的,更喜欢写文学稿件。先生先文学,后新闻,新闻之外仍兼及文学,亦是不容易。简单聊了几句题外话,略微知晓彼此的情况后,我继续同先生探讨下去。

先生说:"人是狂躁的动物。我浮躁时,就用毛笔写写字,把自己的情绪抑制一下。"

嗯,这是制动。我接着问:"静,为什么也要制呢?"

"人是寂寞的动物。我寂寞了,就用钢笔把自己调动起来,在虚拟世界里折腾,不至于使自己在寂寞中消沉。"先生好似不紧不慢地说。

"嗯,明白了。"我对先生说,"钢笔写小字,书写速度快,因而能以动制静,消除寂寞。毛笔写大字,书写速度慢,因而能以静制动,消除狂躁。"

但我感觉是只明白了些皮毛,似乎没有完全明白。制动,是因为动得太厉害了,需要遏制一下,以趋静;而制静,是因为静得太无声息了,亦须遏制一下,以求动。那动静之间的界限,如何把握?

我在静静地写这些文字的时候,四岁小儿小宝和邻家子东辰在一边嬉戏喧闹,一度打断了我的思绪。小宝把我从丛柏庵请来的一本佛学读本扔在了我的脚下,气得我大声呵斥。小宝和东辰却不以为意,我越是生气,他们越是感到滑稽,越是哈哈大笑。我静,他

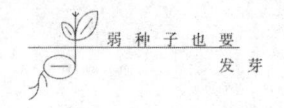

们动；我动时，他们反而静。

而被扔在地上的佛学读本，之于我，是动的，因为我请它来家里，就是期冀它能搅动我的思绪，给予我哪怕是一丝一毫的点拨；之于小宝和东辰，它又是静的，因为孩子们对它无所欲求，它在孩子们的心里激不起一丝的波澜。制动，或制静，在每个人的眼中都有各自的视角，在每个人的心里也自有一番滋味。

这正是："动静有真意，欲辩已忘言。"

姚先生以为然否？

如果只是遇见

"If we can only encounter each other rather than stay with each other, then I wish we had never encountered."

不知是谁,用粉笔在寺院的墙壁上留下了这样一句英文。

"谁能帮我解解这句英文,说说它是什么意思?"主持问众僧。

新招进寺院的大学生净辉说:"如果只是遇见,不能停留,不如不遇见。"

"详细来解呢?"主持又问。

净辉说:"如果遇见自己喜欢的人,一定希望她能够永久地停留在自己身边,成为自己生命中的主角。但是如果只是遇见了,却不能让她停留,那她就只是自己生命中的过客。早知如此,最初还

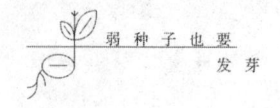

不如不相见和不相遇为好,这样人生就不会徒添遗憾,徒增烦恼。"

"哦……"主持沉吟半响,拾起躺在地上的半截粉笔,在那句英文后面打了一个大大的问号。那句英文就变成了下面这个样子:

"If we can only encounter each other rather than stay with each other, then I wish we had never encountered？"

"如果只是遇见,不能停留,不如不遇见？"

这次轮到净辉不解了。主持这一个问号,在他眼里变幻成了一连串的问号。

"再美丽的风景,看多了也会熟视无睹。"主持说,"过客,也是美丽的。只是遇见,也是美丽的。我倒想多遇见那些只是遇见的遇见,那么多的一瞥,让你惊艳目眩,让你刻骨铭心,何必一定要永久地停留呢？"

后来有人说,那句凄美的英文,是一位失意的游客留在寺院墙壁上的。也有人说,是净辉留在寺院墙壁上的。甚至还有人说,是寺院主持所留……

只是,是谁所留都不重要了。不知过了多久,在风吹雨淋日晒下,那句英文在墙壁上渐渐变浅、变淡,直至连痕迹也不见了。英文之于墙壁,墙壁之于英文,也只是遇见了,不能永远地停留。

某一天,有人偶尔想起那堵墙壁,想起那句英文,也只是在心底轻叹一声:"如果只是遇见……"

枝乱我不乱

画展上,师徒俩停留在冯骥才先生的一幅画作前。

这幅画作,画面上全是一条一条的树枝,乍一看繁乱芜杂,实则是浑然天成。这正应了画面上的题句:"枝乱我不乱,从容看万条。"

冯骥才先生的题句,简短明了,极富胸襟,弥漫着深深的禅意。熙熙攘攘的人流中,徒弟原本烦躁的心瞬时宁静下来。他轻叹一声说道:"很多人一生只能干好一件事,冯先生却把文学、绘画、文化遗产保护和教育四件事都做好了。这说明不论眼前的事情有多乱,只要静下心来,坚持去做,就一定能做好。冯先生的题字太有佛理了,我要好好地揣摩,努力效仿。"

"嗯,这里说的是静心的道理。"师傅先是点点头,表示赞许,

话锋却又一转,"其实,你还可以换一个视角看问题。"

"换一个视角?"徒弟一时拐不过弯,找不到师傅所说的那个视角。

"枝乱我不乱,从容看万条——这是冯先生的视角,是冯先生在看千条万条的树枝。在冯先生眼中,树枝是乱的,可他保持了心静,树枝再乱,也不影响他用心去做事情。"师傅说,"其实,树枝何乱之有?如果从树枝的视角来看我们人类,树枝会觉得它们自己全都发自同一个母体,始终守住同一个根基,从容而有序,繁杂而不乱,乱的倒是眼前那些奔走纷逐、来来往往的人类。冯骥才先生的静心和树枝的善守,都值得我们学习。"

于是,师傅随口吟出了这样一句禅语:"人乱枝不乱,从容看万家。"

骗蒜

师傅向徒弟讲起自己小时候的一些事情。

师傅说，小时候，自己经常帮父母干活。比如上山拾柴火，下地薅草，等等。这些都是外边的活，家里的一些活也要干。比如扫地，择菜，等等。其中有一个活，是扒蒜。扒蒜，大家都懂的，就是把附着在蒜瓣外边的那层蒜皮扒掉。只有把那层蒜皮扒干净，才好放在蒜臼里捣碎，才好食用。可是那层蒜皮紧紧地附着在蒜瓣上，很难分开。有时候费了好大的劲，连蒜肉都抠在指甲里了，才把它们清理掉。于是，就有人琢磨用偷巧的办法来除掉那些蒜皮。

师傅说，他们经常用到的一种方法，是拍。左手抓起一个蒜瓣，放在案板上，右手握紧菜刀的刀把，使刀身与案板平行，先将刀身

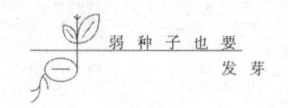

向上一扬,再对准蒜瓣,"啪"的一声拍下,再看那些蒜皮,与蒜瓣已呈若即若离状。这时只需稍微动手,便可将蒜皮剥下。

师傅说,还有一种方法,是把蒜瓣放在盛有清水的碗里,泡上一会儿。蒜皮吸水后,会膨胀变软,与蒜瓣的附着不再那么紧密。这时候再扒那些蒜皮,就容易多了。

徒弟听得津津有味。师傅接着说,上面所说的扒蒜的第一种方法,是最原始,也是最笨的方法;第二种方法,是暴力的方法;第三种方法,是骗的方法。

怎么会是骗呢?徒弟问师傅。

师傅说,蒜是有生命的,它不想被虫咬,不想被人吃掉,所以就用蒜皮保护自己。把它们放在清水里,它们会以为遇到了适宜发芽生长的环境,所以就放松警惕,本能地把自己放开了。对它们来说,这不是骗是什么呢?

误恨

师傅和徒弟正在院子里洒扫庭除。一只草蜂从树上的蜂窝里飞出来,盘旋两圈,落到师傅手臂上,狠狠地蜇了师傅一下。

蜇完师傅的草蜂元气大伤,飞到就近的一片树叶上,静伏不动。

师傅拔掉手臂上的毒刺,让徒弟拿来皂角水,细细涂抹在蜇伤处。

洒扫完庭除,师傅和徒弟再回来看那只草蜂,它已经不在那片树叶上了。

徒弟问师傅:"那只草蜂哪里去了?"

师傅说:"回家了,也可能已经死去了。它蜇了人以后,内脏会随同毒刺从肚子里扯出来,活不了多长时间。"

徒弟又问师傅:"那只草蜂蜇了您,您怎么不亲手打死它,或

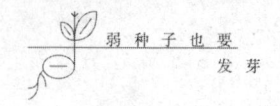

者干脆把那个蜂窝捣个稀巴烂？"

师傅说："那只草蜂也不是什么坏家伙，我没惹着它，它却蜇了我，或许是以为我要伤害它，这是它对我的误恨。"

徒弟似懂非懂。

师傅又说："我本身是干净的，可我若再去恨那只草蜂，我自己就变得肮脏起来，世上因此也会多出一份丑陋。"

懂和不懂

有位采访过黄永玉的记者,介绍黄永玉的画,说黄永玉的画风打破常规,经常有人对黄永玉说看不懂。每当这时候,黄永玉就拿毕加索举例子——

有人问毕加索:"你画的画我怎么看不懂啊?"

毕加索问:"你听过鸟叫吗?"

那人说:"听过啊。"

毕加索问:"好听吗?"

那人说:"好听啊。"

毕加索接着问:"那你懂吗?"

事实就是这样,你不懂鸟语,但这并不妨碍你觉得鸟鸣好听;

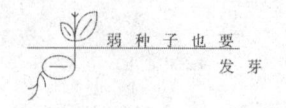

你不懂花语，但这并不妨碍你觉得花儿美丽。换一种说法就是：你不懂鸟语，但这并不影响你欣赏鸟鸣；你不懂花语，但这并不影响你欣赏花儿。

懂，可以是美；不懂，也可以是美。或者这样说：一件美的东西，你懂的时候，它是美的；你不懂的时候，它也是美的。

记得看过黄永玉的一幅画，上面有这样的题跋："看不懂的句子，再看一遍，不懂；想一想，再看一看，懂了。世界多好！是不是？"这几句题跋，还有毕加索论鸟叫的例子，太精辟了。想想那些我们曾经看不顺眼的人，不理解的事，被迫去做的事——当时觉得非常差劲，现在却感觉还行，不是当初自己认为的那么糟，甚至还要好一些，好很多。庆幸那时自己包容了，接受了，该做的也去做了，要不，会错失很多的美丽。

懂和不懂，本身就蕴含着深深的禅机，需要我们用心去体会。

给别人求个心安

小徒弟因为读经勤奋，没注意保护眼睛，视力越来越差。师傅带着他，到城里的姜玉坤眼镜店去配眼镜。

这不愧是一家老字号的眼镜店，店里卫生整洁，服务态度非常好，令人如沐春风。年轻、美丽的女验光师动作轻盈，软声细语，小徒弟一点也不紧张，很快完成了验光。然后，选镜架、镜片。选好了镜架和镜片，再测瞳距。测完瞳距，开始磨制镜片，进行装配。离配好眼镜还有一段时间，师傅决定带小徒弟到大街上去转转。

临走前，师傅对店老板说："我们过会儿再来取眼镜，请问，还需要交些定金吗？"

"交也行，不交也行。"店老板回答说。

师傅掏出一些钱,递给店老板:"这是定金,请您收好。"

来到大街上,小徒弟问师傅:"店老板都说定金交不交都行了,您为什么一定要交呢?交了定金,我们就被定住了,主动权就不在我们手里了……"

"我是给他们求个心安。"师傅说。

"给他们求个心安?"

"嗯,是给他们求个心安。"师傅说,"如果我们不交定金,他们心里就会不安,就会犯嘀咕,就会老惦记着我们还去不去取眼镜,这样就会影响他们做活儿。"

长得挺好看

小徒弟学上网,学用 QQ,看到一网友名"可乐"的,QQ 签名非常有意思。

那段签名全文如下:"洗完脸和洗完澡之后照镜子,容易产生'我长得挺好看呀'这样的错觉,这时就要迅速拿出身份证纠正错误……"签名还加了备注,"语出饭友苹果流冰饭文"——"饭友"和"饭文"什么的,文字也非常有趣。

拿出身份证纠错好理解,身份证上的照片一般都是不加修饰的本色大头照,自然可以对照出差异。可是为什么会产生"自己长得挺好看"这样的错觉呢?小徒弟没想明白。师傅正好在身边看他上网,也看到了那段签名。小徒弟就问师傅:"洗完脸、洗完澡之后照镜子,

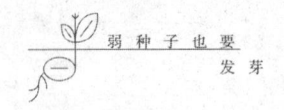

为什么觉得自己长得挺好看呢?"

"这是一种下意识地向美向善的心理。"师傅说,"'洗',是一个动词,本身就有趋净的意思。你洗完脸、洗完澡后,把灰尘都洗掉了,会产生干净的感觉,而这种感觉会让人清爽、自信,自然就会下意识地做出'我长得挺好看'的判断。"

小徒弟说:"哦,我明白了。有时候,我们从布满灰尘的屋子里出来,会感觉自己身上也很脏,形象肯定是糟透了——这是不是也和洗澡、洗脸是一个道理?"

"正是。"师傅略微停顿了几秒,转而说道,"有时候,我们做了一件好事,会感觉自己很高尚;而做了坏事,会感觉自己很卑鄙——也是这个道理。"

小徒弟点点头,继续学上网。

愉悦情绪

小徒弟在寺庙里上网,电脑一开机,屏幕右下角就显示这样一行文字:"开机小助手恭喜您,您开机的速度击败了全国40%的电脑。"

有时候,上面的这个数字也不一定是40%,可能是20%、30%,或者是60%、70%,也或者是其他的百分比数字。但这并不影响小徒弟的心情,这个数字似乎被他忽略了,吸引他眼球的,是"击败"这两个字。只要看到"击败"这两个字,他就有一种打了胜仗的感觉,内心比较愉悦。

师傅在一边看得久了,就慢腾腾地提醒小徒弟说:"你开机的速度击败了全国40%的电脑,其实就是你开机的速度被全国60%的

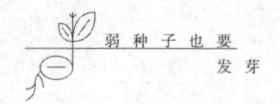

电脑击败……"

小徒弟咧嘴笑了,他觉得还真是这回事儿!

现实生活中,很多情况也是这样的:过于愉悦自己,往往会使我们失去对事物本质的洞察力。

这也许就是愉悦情绪能够骗人的原因吧。因而要警惕那些能够使你愉悦的人和事物。

低头的实用价值

师傅和小徒弟同感风寒，同吃胶囊。小徒弟把胶囊放入口中，抄起水杯，一仰脖，胶囊随同水流一起进入肚内。师傅也把胶囊送入口中，不同的是，他仍是低着头，没有仰脖，只轻轻啜饮了一口水，就把胶囊吞到了肚内。

小徒弟问师傅："您吃药怎么不抬头呀？"

师傅说："这是胶囊，遇水会向上漂浮，吃它时，不用抬头，低着头，稍微一吸水，胶囊就顺着喉咙漂到肚子里去了。你要是抬起头吃胶囊，胶囊会漂向嘴唇，远离喉咙，吞咽起来恐怕要费些力气呢。"

小徒弟觉得有趣，晚间再用药时，学着师傅的样子，也低头吃

了一回胶囊。师傅笑了,对可爱的小徒弟说:"前天一位居士来拜访我,他告诉我一种点眼药水的技巧,我还没试过,不知道管不管用。你可以把它记下来,用得着的时候也试一试。"

"怎么个点法呢?"小徒弟望着师傅。

"我们平时都是躺着点眼药水的,眼睛向上,眼球高,眼角低。如果直接点在眼球正中,眼药水容易从眼角溢出。如果把眼药水点在眼角,得使劲眨巴眼皮和咕噜眼珠子,眼药水才能从低处漫向整个眼球。"师傅说,"居士说的方法是,仰起头来,将眼药水点在眼角,然后马上低头,此时眼角高而眼球低,眼药水自然会顺着高处的眼角流向低处的眼球。"

人体的结构,是非常适合低头的。除了睡觉的时候抬头的时间可能会多一些,某些特定的劳动需要抬头的时间也多一些,大部分时间,都是低头的时间。吃饭的时候,要低头;读书的时候,要低头;过门帘的时候,要低头;穿矮树而过的时候,要低头;迎风而行的时候,要低头;大雨如注的时候,要低头……

低头不需用很多的力,昂头却需一定的强度。老昂着头,会很累,适度低一下头,感觉会舒服一些。

吃胶囊,点眼药水,都是很常见很普通的事情,也难显空灵的韵致。这里,师傅教给小徒弟的,其实是低头的实用价值,是一种充满烟火味的生活禅。就像庭院中一株苍黑虬曲的老树,不需雾气环绕,也不需月光清照,它的枝和叶就那么实实在在地舒展在眼前,让你感觉非常舒适和自然。

如果某种生活技巧,既有实用价值,也能使人们感到有趣味和有意思,那么它的使用和流传就会更广一些。

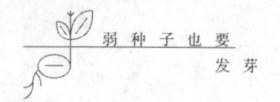

坏到一定程度

小徒弟上网时被一句话吸引,他觉得这句话很有意思,就把这句话说与师傅探究:"生活坏到一定程度就会好起来,因为它无法更坏。"

师傅淡定地说:"我不这么看。"

小徒弟问:"为什么?"

师傅说:"因为没那么绝对。生活坏到一定程度,我们当然希望它好起来。不过,生活在变坏的过程中,我们不能任由它坏。如果任由它坏,就真的坏了,它会继续坏下去,坏到一定程度,会再也好不起来。"

小徒弟不是很明白。师傅举了个例子说:"生活好比一只苹果,你如果让它烂下去，烂到一定程度，它就真的烂了，无法再好起来。"

师傅的话，确实有道理。生活真的好比一只苹果，我们从来没有见过坏掉的苹果能够复原如初的。

同样的，生活又好比一个人。你如果让他流浪下去，甚至沦为乞丐，他再好起来的概率，将低于继续坏下去的概率，很难再变成一个正常人。

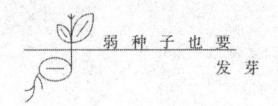

菩萨没有真假

鉴宝会上,一男士手捧一尊观音菩萨,请一位藏品鉴定专家予以鉴别:"这尊观音菩萨,是我花三十万元从香港的古玩市场请来的。当时卖主告诉我,这是明朝时代的观音菩萨。您看这是真的还是假的?"

藏品鉴定专家当即笑了:"菩萨就是菩萨,菩萨没有真假。我们可以说菩萨有早晚,也就是说,一尊菩萨,我们可以说它出现的年份早一些,或者晚一些,但是我们不能说它是真菩萨还是假菩萨……"

藏品鉴定专家的话,道出了他对菩萨的敬畏。那些精于仿制原品、高价出售赝品的人,也持有这样的敬畏之心就好了。

离幸福越来越近

禅师在一次演讲中说："幸福是一种复杂的东西，也是人人都渴望得到的东西。假设一个人能活一百岁，如果他生命中的头二十年是幸福的，剩下的八十年是伤心的，那么我们宁愿头八十年是伤心的，剩下的二十年是幸福的。因为我们都想离幸福越来越近，不想与幸福背道而驰。"

过早的幸福，可能会是玩物丧志的起始。迟来的幸福，会让你觉得之前的努力和辛苦，都值得你付出。禅师关于幸福的假设，其实也不难理解。幸福的要义是让人满意和满足。细细想来，这又好比隧道：我们唯愿在经历暗黑的穿行后终于见得光明，而不愿一直在黑暗中浸淫而不见天日。

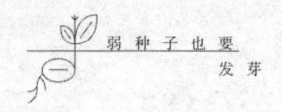

过早的幸福是用来挥霍的,迟来的幸福是用来珍惜的。离幸福越来越近,走在通往幸福的路上,也是一种幸福。这种由苦及甜,由悲及喜的大团圆式的结局,尽管有些俗气,但那熟悉的烟火味,不正是我们所期盼的吗?

第 五 辑

红豆角的味道

我们常讲生态平衡,其实生态薄如蝉翼,一不小心就会被打破。任何一个物种的衰退和灭绝都不是偶然的。蝉也许正走在向人类告别的道路上。但愿未来,我们不只是在古诗词里听得到蝉鸣。

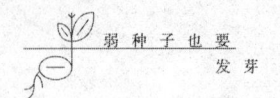

心之故乡

以往我一直认为,故乡只是一个地域概念,泛指一个人的出生地。判断一个地方是否成为故乡的一个不可缺少的条件,就是这个地方必须印有一个人童年的足迹。哪怕是我们曾经挂在口头上的第二故乡、第三故乡,如果不曾留下童年的印记,也不能算作严格意义上的故乡。

韩国儒学家郑璇在山东接受新闻媒体记者采访时说:"我认为,一个人有两个故乡,一个是一般意义上的故乡,另一个是心之故乡。曲阜是孔子的故乡,那里是我的心之故乡。一个人没有心之故乡会很空虚,如果没有到心之故乡的体验,那也非常遗憾……"

正是郑璇先生的一席话,使我重新审视故乡一词并对故乡的内涵有了新的认识：一个人的生命中，不只存在地域意义上的故乡，还应争取建造一个心之故乡。

与地域意义上的故乡比较，心之故乡则是精神领域里的另一个故乡。这个心之故乡，必将对你的心灵与性情产生重大影响，是你心向往之的地方。在郑琮先生眼中，这个心之故乡，是那个褪去了"圣人孔子"光环，具有人情味和人性美的"人间孔子"居住过的儒学创始地曲阜；在你眼中，可能是"日出江花红胜火，春来江水绿如蓝""水光潋滟晴方好，山色空蒙雨亦奇"的江南水乡；在他眼中，可能是拥有热带雨林奇观、浓郁民族风情的"西南明珠"西双版纳，或者是地势高耸、山脉纵横的"世界屋脊"青藏高原……

一个人的心之故乡，不论在哪个地方，不论多么遥远，它必定有让你魂牵梦绕、难以释怀的魅力。尤其是人到中年，更需要建造这么一个心之故乡，让心之故乡来开阔你的视野，增容你的精神领域。一个中年人，如果只有地域意义上的故乡，而没有精神领域里的心之故乡，那么他将是非常空虚与可怜的。

峙密河里的鱼

峙密河里最常见的鱼，是白条和花翅子。峙密河边的村民捉鱼，有时候用渔网，有时候用电瓶，有时候用梁子。

这里所说的"梁子"，不是一件现成的用具。它需要就地取材，现场垒砌和围拢而成，和堤坝、地嵌、围墙一样，具有不可移动性。我们可以说拿着渔网、拿着电瓶去捉鱼，不可以说"拿着梁子"去捉鱼。

峙密河边错落的石块，是最理想的垒砌和围拢材料。选一处白条与花翅子活跃的河段，从河流南北两个边沿开始，依地势自西向东，用石块垒砌和围拢成一处漏斗状的水面。漏斗口即是出水口，里面铺上一块宽宽的石板，与下游的河道形成一处小小的断崖，产生一定的落差。再捡拾一个废弃不用的提篮或者土筐，放在漏斗口下边，内加石块压稳,就做成了一个梁子。

那些身段矫捷的白条、色彩艳丽的花翅子,从上游游下来,"嗖嗖"地游进梁子的势力范围,一旦进入漏斗口位置,将会把持不住自己,在河水的推动和裹挟下,直接越过石板,随着瀑状水流跌入梁子末端的提篮或者土筐里。梁子的主人会随时赶来,将它们收走,做成美味的鱼汤或者辣椒炒鱼。

我是喝着峙密河的水长大的。小时候,我在峙密河里时常会看到这样的梁子,也曾亲自动手垒砌和围拢过这样的梁子。不过,那时我对于梁子的感觉,只是有趣、好玩。现在想来,人生其实就是一条峙密河,我们就是峙密河里的白条或者花翅子,在一生的旅途当中,不可避免地会遭遇这样的梁子。

在随着河水沉浮,若隐若现的梁子面前,如果我们是一条缺乏认识、缺乏准备的惰鱼,定会惊慌失措,瞬间被突然出现的危机所吞没。如果我们是一条貌不惊人、微乎其微的小鱼,可以凭借体形的微小,钻过提篮或者土筐的缝隙,侥幸而灵活地脱险。如果我们是一条气势磅礴、实力满满的大鱼,可以在越过石板的一刹那,借势飞跃而出,脱离羁绊,游向广阔的天地。

另外,还存在一种逆袭的可能:会有这样一些与众不同的白条或者花翅子,它们拿出很大的勇气,耗费很大的力气,逆着峙密河的流向而上,经过一番拼搏,最终也能在上游觅到一处舒缓的水湾,作为永久的栖息之地。就像有些人,热衷于从乡村到城市的迁移,而另外一些人,却从城市返回乡村,意外地守住了爱情与幸福。

弱种子也要
发芽

望仙院的野菜

　　沂蒙山腹地有一个名叫"院东头"的小镇。号称"七十二洞天"之一的四门洞，就在它的东北方向。它的正西方向，还有一个曾经香火鼎盛的望仙院。院东头小镇就因位于望仙院以东而得名。望仙院的南北两面，紧靠绵延起伏的丘陵和大片肥沃的土地。这儿不仅养育了一代又一代的沂蒙百姓，还繁衍生息着无数的野菜。在我的眼中，那些一茬接一茬，春风吹又生的羊蹄脚、马踏菜、野荸荠、野蒜们，全吸足了望仙院的灵气。

　　在一个叫作"围子"的丘陵上面，曾经留下了我挖野菜的足迹。围子西面，有许多浅水洼。每到夏季，黑油油的淤泥中就长满了指甲盖大小的野荸荠。秋天，我随着父母到围子上刨地瓜的时候，如

第五辑

红豆角的味道

果不是伏在高高的棠梨树上摘熟得稀烂的棠梨,就一定是猫着腰,赤着脚,在百草起伏、秋虫唧唧的草地里摸野荸荠。外表又黑又丑的野荸荠,捏在手里凉凉的,吃在嘴里甜甜的,看起来像是隔壁家的那个黑妮子,俊死人了!

围子上曾经住过一个叫"刘二胖"的地主,那里至今还有他留下的拴马石。就在那些拴马石周围的碎石堆里,我还寻找过野蒜。如果是在潮湿的雨季,可以用手指捏紧野蒜的茎叶,把它们连根带泥拔出来。瘦弱的茎叶下面连着一颗小小的蒜头,蒜头下面缀着长长的根须,剥掉白白的蒜皮,把蒜瓣一口咬到嘴里,就可尽情地享受充满泥土气息的辣味。相传刘二胖一顿能啃十个猪蹄,有个长工很羡慕他,刘二胖就赏他吃猪蹄。长工放开肚皮,充其量也就吃了五个,再也吃不下去了。当年的刘二胖在得意地赏长工吃猪蹄的时候,在处心积虑地加固围墙和购置土枪的时候,是否看到了那些在石头缝里和田垄边上随意生长着的野菜,是否也有口福、有闲情吃一顿平民气息的野菜?

想当初,野菜只是一种野草,混迹于山野、麦田之中,和那些狗尾草、秃妮子头一样,没有什么两样。后来,也许是神农尝百草的时候,它们的食用价值才被人们发现,它们才得以扬眉吐气,出人头地。再后来,又被人们拿来怀旧,有了感情色彩。在我的印象中,被野菜环绕,就像穿了一件贴身小棉袄,那个时刻最幸福;被回忆击伤,就像咬了一颗涩棠梨,那种感觉最忧伤。"猫儿眼,猫儿眼,

挎小篮，提小铲。"当年我在临沂农业学校读书的时候，一位姓刘的女生在我的习作上写下了这句童谣，借以评价我的习作，曾经使我热泪盈眶。这是迄今为止，我所见到过的有关挖野菜的最形象和最简洁的描述。

"少年心事当拿云，谁念幽寒坐呜呃？"在望仙院周围广袤的麦地里，在沂蒙小子和小妮欢腾的田野上，我就挎过这样一个小篮，提过这样一把小铲。那是一个用上百根荆条编成，能够真情四溢的小篮；那是一把被梦想和希望所环绕，能够沙里淘金的小铲。

第五辑
红豆角的味道

一对草锤

打麦场、乱石岗,都曾是我们的战场;玉米秸、烧火棍,都曾是我们的刀枪剑戟。小时候,听《杨家将》、看《岳飞传》入了迷,耳濡目染,不知不觉就迷上了兵器。你杀一个回马枪,我来一个扫堂腿,每天放下课本后的第一件事就是和小伙伴们捉对厮杀,操练自己收藏的那些形态各异的土兵器。

邻居家的小孩拿了一对大草锤,与我对打,立刻吸引了我的目光。这对草锤是那个小孩的爸爸在村南的树林子里刨的,说白了就是两个大草棵。它们长得特别高,直径又特别大,拢住蓬松的草尖,一手抓住一个,感觉威风凛凛,就像《岳飞传》里身披铠甲、手执战锤的岳云。我羡慕极了,再也无心和小伙伴们恋战,独自一人提

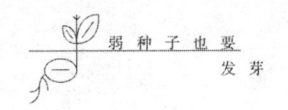

了镢头,到村南的树林子里去寻找占据了我整个脑海的那对大草锤。直到夜色昏黄,鸟儿匆匆地回巢,偌大的树林子里只游荡着我一个人的身影。

几天下来,我一无所获,总是找不到可以和邻居家小孩相媲美的那对草锤。就在我垂头丧气、怅然若失的时候,我灵机一动,既然费了这么大的劲还找不到,何不趁其不备,把邻居家小孩的那对草锤偷来玩上两天?第二天,我早早地爬出被窝,偷偷地溜进了邻居家里。那时天还没有大亮,邻居家的小孩还在睡梦中,小孩的妈妈正在烙煎饼,从锅屋里飘出来的炊烟弥漫了整个院子。那对草锤静静地躺在院子里,像两只充满了诱惑的大眼睛,瞪着我一个劲地说:"来呀,来呀!"我屏住气,不发出一丝动静,悄悄地逼近了它们。就在这时,只听"嘭"的一声响,我的脚碰到一块石头上,差点把我绊倒了。我借势来了一个"鹞子翻身",一下滚到了那对大草锤跟前,顺手抄了起来,撒腿就跑。

中午放学吃完饭后,我又到邻居家找那个小孩玩。小孩从提篮里摸了个熟地瓜,就和我向外走。走到院子中间时,他突然发现那对草锤不见了,马上问了他妈妈一声。他妈妈就和和气气地问我:"是不是叫你给拿去了?"我一下从脸红到了脖子根,难为情地说:"嗯,是叫我拿去了,我玩玩再给他。"小孩的妈妈笑了,说了声:"玩去吧。"我们就手拉着手找地方玩去了。

下午,我就把那对大草锤还给了邻居家的小孩。当然,我也一

第 五 辑
红 豆 角 的 味 道

直把这件事记到了现在。直至今天,我又向它投去了深情的一瞥,把当时的心境和感受用文字一一地记录了下来。

弱种子也要
发芽

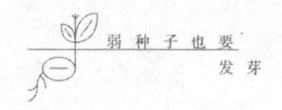

一张老照片

在我面前有一张绝版的两寸彩色老照片。那是我和我的妹妹小珍在小时候的一张合影。这张合影,是我们保存下来的唯一的一张合影,也是能够证明我们小时候模样的唯一物件。

我和小珍妹妹,分别出生于1973年和1975年。照片中的我,高出小珍妹妹一头多,上身穿着黄绿相间的格子褂子,下身穿着黑布裤子,双手垂直,收敛了顽皮和机灵,规规矩矩地站在小珍妹妹一边。小珍妹妹头上好像是扎着两朵花吧?上身穿着红色小褂,下身穿着和我的上衣同样布料的裤子,右手半翘在胸前,左手里还拿着一个白色的东西。嘻嘻,我清楚地记得,那个白色的东西是一块白馍馍。小珍妹妹当时是拿着白馍馍和我一起照的相。我隐约还记得,

第 五 辑

红 豆 角 的 味 道

给我们照相的师傅说过，让小珍妹妹把馍馍放到一边。妈妈也过来了，要从小珍妹妹手里拿走那块馍馍。可是小珍妹妹出了奇地固执，任何人都没能把那块馍馍从她手里抢走。就这样，照片中的她，把那块1980年左右的馒头紧紧地拿在了手里，并且一直拿到了现在。

照片是在一个名叫"院东头"的小镇上拍摄的，背景是一块黑布。我和小珍妹妹的脚底下，依稀还能够看到凸出的石块和坑坑洼洼的地面。那时候，正是我们的父母在他们一生当中最安稳和最轻松的时候。我们穿着妈妈亲手做的平底布鞋，是两个本分而幸福的孩子。后来家道中落，历尽了坎坷，为了追求幸福的生活，我们努力甩掉背上的包袱，得到了很多来自于生活的公正的馈赠，但是也有一些过往的幸福或者苦难，尤其是来自于最初人生的那些体验，被渐渐地遗忘了。好在这张老照片被我们保留了下来。这真是一件值得庆幸的事情！

如今我已离开了院东头小镇，很少有时间回去了。原以为我的童年已经找不到了，因而有些伤感。这张老照片，让我重新捕捉到了童年的一些蛛丝马迹。它提醒我：不论走到天涯海角，都要永远和亲情站在一起。我要把这张老照片保存好，一定不能让它丢了。

弱种子也要发芽

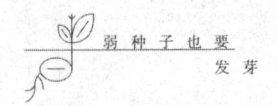

梨园惊梦

很久没有回老家，也就很久没有机会去村西的那片梨园看看。

丛生的野茅草，绿油油的花生秧，泛着亮光的勺子头梨，噪鸣不止的知了，还有突然从眼前蹿出、瞬间又在视线中消失了的野兔，以及总是躲在石块下面的蝎子、蚰蜒和土鳖虫……那片梨园里有挖掘不尽的宝藏。每年夏天，我都会头顶着毒日头，穿过谭三爷对梨园的严密看守，爬过一米多高的地嵌，偷偷地溜进梨园，专心致志地去捉知了。

那时候的知了特别多，平时密密麻麻地聚集在梨树低矮的树干上，一旦受惊飞起，则四散而去，踪影皆无。我弓着腰，蹑手蹑脚，悄无声息地靠近树干，突然袭击，一把捂下去，总会逮住三两只，其余的则"吱吱"地叫着，飞向远方。

这时候，往往是谭三爷睡梦正酣的时光。如果知了的鸣叫声一不小心闯入了谭三爷的梦境，马上就会上演一出"梨园惊梦"：睡眼惺忪的谭三爷打了个激灵，从看犁屋子里钻出来，往往将我当作偷梨贼，提着粪叉子撵了过来。我只好拿出小毛贼的架势，手里攥着几只知了，跳墙爬坡，飞也似的逃走。

如今我早已告别那片梨园，在外娶妻生子。生于斯，长于斯，最终弃之于斯。对于老家和那片梨园而言，我成了一个永远的过客。伸开双手，我已感觉不到被蝎子刺蜇过的疼痛，土鳖虫爬过我手心时的酥痒也顺着指尖消失。这些变化让我迷茫和心疼，感到无可奈何，无从把握。

多少次梦回故乡，我依稀看见那些储存在我记忆深处的往事，像知了一样张着翅膀，在梨园里飞来飞去。

老果园

老果园寂寞惯了。那么多的女子叫桃花、杏花、梨花,却没有一个叫苹果花的。那么多的诗歌描写桃花、杏花、梨花,却很少有描写苹果花的。那么多的桃花节、杏花节、梨花节,却很少有苹果花节。正因为少了众人的注意,整个老果园看起来才不显山不露水。

静悄悄地没有人来,说不出是疲惫还是伤感,老果园里白的、红的苹果花挤在一起,好像睡着了。成群的金龟子盲目地飞来飞去,说不准何时就会惹恼哪朵苹果花。不知从何处飞过来的蜜蜂,腿上沾满了花粉,不停地在苹果花之间穿梭着。拾粪的老头,背着粪篓子走进了老果园,随手拨开花枝,如入无人之境。梦境中的老果园,在白花花的阳光下显得更加慵懒。

第 五 辑

红 豆 角 的 味 道

  我一度以为，除了那个少年再次爬上低矮的树干，把满树的苹果花折得一塌糊涂，再也没有人会来打破老果园的宁静。我一度认为，除了那个少年从城市重新返回老果园，对着看苹果的二丫头献诗一首，再也没有人会在灿烂的苹果花下上演轰轰烈烈的乡村故事。直到有一天，一台大型推土机开进了老果园，加大马力，喘着粗气，野蛮地把苹果树一棵一棵地推倒，我才感到老果园就要消失了，二丫头可能也要进城了。

乡村冰棍

20世纪七八十年代,卖冰棍的人是一道亮丽的乡村风景线。他们戴着草帽,推着金鹿牌或者海燕牌自行车,后座上驮着一个装满冰棍的白色木箱,走街串巷,来回地叫卖着。叫卖声也不花哨,比较单调,"冰棍""冰棍"地反复喊着,顶多再加上一句表明价格的话:"冰棍,五分钱一支!"

卖冰棍的人,身影是清凉的,喊声也是清凉的。他们刚在村头出现,马上就有大人、孩子围了上来。卖冰棍的人接过钱,打开箱子盖,取出一只冰棍,马上有人接过去,就着缕缕上升的水汽,伸出舌头一舔,凉爽爽、甜丝丝的感觉倏地传遍全身。

那时候的冰棍,包装简单而朴素,是一张没有图案的白色冰棍纸。

制作冰棍的主料为白糖和水,吃起来冰脆爽口,不黏嘴。我总结了一下冰棍的吃法,主要有四种:舔、咬、吸、喝。

舔,就是捏着冰棍把儿,伸出舌头,舔食冰棍自然融化而成的凉水。从下头舔到上头,从正面舔到侧面,在慢慢享受的过程中,会有一种和你一起慢慢融合、慢慢变老的感觉。尤其是突然出击,用嘴巴接住已经融化,即将掉落的那滴水珠或者脱落的冰屑的一刹那,那种感觉是非常美妙,非常满足的。

咬,就是一小口一小口地咬食冰棍。当用牙尖咬下一块冰屑,落到嘴里后,包你有一种冰掉大牙,从头部清爽到脚跟的畅快淋漓的感觉。这种吃法,应了四个字:速战速决。

吸,就是用嘴含住冰棍头部,用力吸取冰棍里面的汁水。这种吃法,适用于已经开始融化的冰棍。吸取出来的汁水,味道异常甜美,很快从舌尖弥漫到舌根,再向整个口腔蔓延开来。如果冰棍尚未融化,则不易吸取到水汁。

舔、咬、吸这三种方法,可以单独使用,也可以同时并用。不论使用哪种方法,吃冰棍时的表情都是丰富而有趣的。

最后一种吃法,是喝。

当时的冰棍,一般是五分钱一支。如果快要融化的时候,还不能及时卖出,卖冰棍的人往往就会降价处理冰棍:五分钱两支,或者一毛钱三支。遇着冰棍减价的时候,就有大方的家长买上一大把冰棍,匆匆拿回家里,放到瓷碗或者茶缸里。老婆孩子欢快地围着

桌子，尽情地享用。

这么多的冰棍，还没等吃完，有些就已融化成水，浅浅地占据了容器底部。于是，便有了"喝"这种因时制宜的吃法：端起瓷碗或者茶缸，轻轻啜饮，甜甜的细流弥漫心间，令人回味无穷。

乡村冰棍，就这样渐渐流淌成记忆中脉脉的温情，化为挥之不去的自吟自唱的老心情。

乡村电影

乡村放电影,通常在露天的场地上。电影放映员一般是两个人。下午黑天以前,放映员就带着放映设备来到了村里。村里需向放映员交一些放映费,当然了,还得管饭。

放映员赶在夜幕降临之前,把放映设备搬到了场地上。先用四根绳子拴在屏幕的四角,牢牢地固定好屏幕,接着把放映机放到放映用的桌面上,再把电线接到电锅(微型发电机)上。这些工作做完不久,天就完全黑了下来,老少爷们已聚满了场地。放映员取出一根细长的拉绳,一圈一圈地缠在电锅一端的凹槽里,拽住拉绳的一头,使劲一拉,电锅就"突突"地响起来。另一个放映员在放映机上面装上片子,关掉暗红的灯泡,电影就开始放映起来。

弱种子也要
发芽

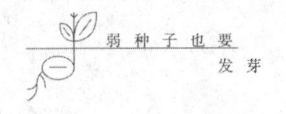

在天气正常的情况下，老少爷们看电影有"三怕"。

一怕断片子。新电影拷贝一般不会断片子，但一些老的拷贝，由于老化的原因，经常断片子，放着放着，屏幕突然变成雪白一片。观众就知道，断片子了，得等一会儿。放映员马上停止放映，打开灯泡，去接断了的片子。接好后，关掉灯泡，继续放映。一部电影断片子断个一次、两次，不打紧，如果接二连三地断片子，会影响看电影的心情。这不，断片子次数多了，每断一次，人群就会出现一阵骚动，有人还在叹气："哎，又断了！"可是，你急，放映员更急啊，没看到他被弄得手忙脚乱，头上还渗出了汗珠吗？

二怕等片子。乡下放电影，一个村一般是一晚上放映两部电影。轮到两个村一起放映这两部电影，只能一个村一部电影先放映着。如果你这个村的这部电影先放映完了，放映员会马上带着这部电影片子，骑着自行车赶往另一个村庄，去取回另一部电影片子。两个村庄距离较近的话，估计很快就能把片子取回来。要是两个村庄距离很远，就需要等上较长一段时间。这个过程，即是等片子。等片子比断片子还要引人心焦。好不容易等到放映员取回了片子，眼巴巴地盯着放映员十万火急地把片子装到放映机上，马不停蹄地倒完片子，再重新装到放映机上，接着放映，这才松了一口气。

三怕坏电锅。那时候，农村还未通电，放电影全指望着一台电锅。有时候，大伙看电影看得正来劲，电锅突然熄火，屏幕一片漆黑。放映员马上跑到电锅跟前，把拉绳缠在电锅上，使劲地拉。在电锅启动的过程中，自然会有一些人等得不耐烦，提前撤离了。如果耗费一两个小时，经过反复折腾，电锅还不能启动，放映员就会无可奈何地告诉大伙："修不好了，等明天吧！"大伙只好怏怏而回，把希望寄托在了明天晚上。

现在回想起乡村电影"三怕"，都与"等"字有关。其实，大伙的等待是有限度的。等待的最终目的，是希望能够盼来一个好的结果。如果等待的时间过长，总不是一件愉快的事情。

不过，细想一下，乡村电影"三怕"实在是微乎其微的。等工钱、等房子、等研究、等批复、等贵人、等机遇、等长大、等终老……在一个人的一生中，会出现多少次等待，多少次担忧？世间万事万物，只要沾上了这个"等"字，总是别有一番滋味。

弱 种 子 也 要 发 芽

小厂

  小厂位于小城东北角。涑河打它北边流过,像伸出了一只温柔的手臂,将它和家属院里的几十户人家揽在了怀里。

  小厂好像世外桃源。春天,玉兰花高高地开在枝头上,地面缀满了繁星似的小花。夏天,洁白的带刺的木香花和粉红的柔软的芙蓉花幽幽地散发着醉人的香气。秋天,攀附着梧桐树爬了一夏天的丝瓜秧,顶着不温不火的太阳,将小黄花开在了树梢。冬天,空旷的树林子里铺满了厚厚的落叶,曾经彻夜鸣唱的小虫悄悄地隐入了地下。去年冬天,甚至慕名飞来了一群野鸭子,在附近流连、徘徊了几天,引得人们纷纷前来观看。

  小厂里有很多空地。我捡一个朝阳的地方,向邻居借来镢头、铁锨和搂耙，和妻子一齐出动，用一头午的工夫，就整出了一片菜园。一年之中，空心菜、小油菜、韭菜、芫荽、豆角、米豆……各种各样的菜都种齐了。双休日，我们忙着锄草、施肥、浇水。有时也除虫子，但很少打药。即使打药，剂量也不大，都控制在农药残留期以内，吃起来放心多了。今年，我们还种了四垄大白菜。前些日子，赶在寒流来临之前，我们冒着寒气，踏着月光，把它们一棵一棵地搬回了家。只有自己种，才有吃不完的菜。那一夜，我们就像小学课本里的那只小白兔一样，尝到了丰收的喜悦。

小厂也有烦恼。它是吃着涞河的水长大的，涞河就是它的母亲河。可是如今河面上漂满了塑料袋，两侧不时有黑水注入，母亲河已被沿河的污染弄脏了脸。加上有些人在树林子里布下了网，诱捕麻雀等鸟儿，使小厂感到了一丝不安。小厂的人们，希望小厂努力改善经营，早日摆脱困境，也希望更多的鸟儿，早一点儿重返涞河。

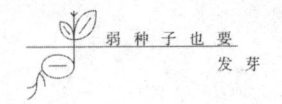

小女的游戏

倒栽葱。倒栽葱就是头朝下，脚朝上。我轻轻地把小女抱起来，一边不停地说着："来一个倒栽葱！来一个倒栽葱！……"一边将她头朝下，脚朝上地立在了沙发上。被倒栽了葱的小女，头皮微微蹭着沙发，着力点全在我的手上。眼低手高，换一个视角看我，小女眯着眼睛，似笑非笑。

一朝河东，一朝河西。晚上临睡觉时，小女又缠着我给她表演倒栽葱的游戏。我双手撑在棉被上，两脚搭在墙壁上，像一只下行的壁虎。顷刻之间，山东大汉变成了山东大葱，茎叶朝下，根须朝上，香喷喷、火辣辣地倒栽在了三口之家的锅碗瓢盆之中。小女坐在床上，拍着棉被，乐得"咯咯"直笑，指着我一个劲地说："栽，栽……"

不让我停下来。

插乌喽牛子。乌喽牛子就是田螺。阳春三月,妻子携了小女在菜园里种茼蒿。撒种子的时候,妻子在松软的泥土中发现了一个乌喽牛子,就吹去沙土和浮尘,用一根细木棍插着,哄小女高兴,她好继续干活。小女好奇,接了过来,把木棍从乌喽牛子的洞里拔出来又插上,插上又拔出来。下午下班后,小女还在那里玩得乐此不疲。我就问她:"你玩的什么?"她把木棍插在乌喽牛子的洞里,举着木棍夸张地往上一挑,得意地说:"牛!"

这使我想起了我小时候玩过的蜗牛壳。随便在任何一座土坯墙上找一个,用圪针尖顶着它的肚脐眼,对准空壳用嘴一吹,在风力的带动下,蜗牛壳就像电磨一样,飞速地旋转起来。可惜这里只有涑河的旧沙滩,没有老家的土坯房。如果是在老家,我一定会找一个蜗牛壳来给小女玩。

一地白菜

　　大家都住楼房，我仍住瓦房。瓦房蜗居在城市一角，遂成为风景。瓦房前面闲置了一片空地，被我和妻子开垦了，种上了大白菜。这一地的大白菜，又成为风景中的风景。

　　看天气预报，寒流要来了。妻子说："这么多的大白菜，没地方储藏，不如送人吧！"我说这个建议甚好。于是，打电话给亲戚、给同学、给朋友，特别是有私家车的，动员他们开车过来，运些白菜回去。电话打出去后，一部分人干脆说你们自己吃吧，另一部分人回复说等空闲的时候就过来拉白菜。

　　可是到了寒流来临的前一天，也没有人来拉那些待字闺中的大白菜。没办法，自己解决吧。我和妻子找来铁锹、镢头，连铲带刨，

第 五 辑
红豆角的味道

用了两个多小时，出了一身大汗，在菜地里挖出了一个大坑。我们把那些可爱的大白菜连根拔出来，排列整齐，放到了大坑里。随后又从玉米地里抱来一捆玉米秸，从梧桐树上扯了些丝瓜秧，在乱石堆上薅了些枯草，层层堆放在了大坑之上。大坑是自东向西挖掘而成的，东西长、南北宽。经验丰富的妻子说："把剩余的土块堆在大坑北边吧。这样可以抵挡北风的侵袭，提高大坑里面的温度，防止白菜被冻坏。"于是，我挥动铁锹，在大坑北面筑起了一道高高的护堰。

晚上，寒流真的来了。听着窗外呼啸的北风，妻子一边用针挑着手上的血泡，一边顿有所悟地说："我知道他们为什么不来拉大白菜了。今年的大白菜便宜着哩，他们不会空着手来咱家是吧？如果只是带一箱牛奶的话，花的钱也够买大白菜吃一冬天了。我们诚心诚意要送大白菜，却没想到这一层。只是可惜了这些帮白心嫩、筋少质脆的大白菜，不知能不能保存得住……"

我问妻子："深挖洞，广积菜。积了菜，怎么办？"妻子笑着说："自己吃呗。"大白菜古称"菘"。秋末晚菘，自古就是大众化的美味。妻子慢慢介绍着说："炸、烧、熘、煎、烩、扒、蒸，大白菜的吃法有很多。名贵一些的菜品，比如鸡汁白菜，是用没有一点渣滓的鸡汤做成的，做好后一点油星也看不到，而鲜美的鸡汤已全然煨入菜叶。再比如佛手白菜、栗子扒白菜、韩国的辣白菜，等等。据说天津有一家风味菜馆，还可以将大白菜做成上百种菜品。"

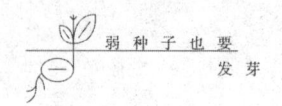

看妻子说得兴味盎然，我笑了笑，算是对她的鼓励。这些菜我们是做不来的，仅纸上谈兵而已。

在我们家里，大白菜的吃法是最为普通的。除了炖粉条、炖粉皮、炖排骨和包白菜水饺以外，就是腌着吃、生着吃。而生着吃，也有多种方法。最常见的一种是凤尾白菜，顺着白菜帮一头，斜着切出细密的刀花，再把整个白菜帮从中间切成两半，然后纵向切成细条，泡在凉开水里。白菜条吃水后变得弯曲起来，刀花绽放，形似凤尾，拌上白糖、醋和盐，吃起来清脆而爽口。一种是蒜泥白菜，把白菜帮一层层地剥去，仅取菜心切为细条，浇上酱油、醋、盐和蒜泥，搅拌均匀，吃起来也十分过瘾。还有一种更为原始的吃法，抓起花蕊一样的菜心，直接生而啖之，不亦快哉？

晚上，我做了一个梦，梦见眼前一地的大白菜。

我还听见妻子在说："听说大白菜可以排毒养颜哩，我要把它贴在脸上美容……"

中秋节的故事

我已经十几年没有在老家过中秋节了。即使竭力去回忆儿时过中秋节的情形,留在脑海中的印象也是寥寥无几。记忆最深的似乎只是吃月饼、丰糕这件事。

我的家乡位于沂水县,地处沂蒙山腹地。我们那儿的月饼和丰糕,几乎都是本县、本乡的一些小食品厂产的,制作粗糙,包装简单,吃起来却相当甜美。尤其是以白糖和糯米为主要原料做成的丰糕,香甜酥脆,更是可口。即使不是中秋节,平常日子里也时常会摆上乡亲们的餐桌。我在临沂市读中专的时候,曾把丰糕带到学校里去过。外县的同学品尝了以后,往往是赞不绝口,都问我这是什么东西,怎么这么好吃。我会随着故乡发音的习俗,刻意拖长了语调,自豪

弱种子也要发芽

地回答说:"丰——糕——"这时我才意识到,丰糕可能是我家乡特有的一种美食。

我在城里读了四年的书,每年的中秋节几乎都是在学校里度过的。中秋节那天,学校照例会发两个青岛产的月饼。每人只发两个月饼,我对于那时校长的小气,到现在还不理解,为什么不发四个?中秋节晚上照例是不会放假的。等到华灯初上,我们这群远离父母、远离家乡的少男少女们,齐齐坐在教室里,一边海阔天空地抒发着不着边际的感慨,一边望着窗外的那轮明月,一口一口将手中的月饼咬得残缺不全,好像初恋失败后的心被谁偷去了一样,心态十分凌乱。

在学校读书的日子,悄无声息地飞逝而去,就像一只鸟儿呼地从身边飞过,你很难再有机会同它相濡以沫,剩下的结局将是相忘于江湖。从学校毕业后,我来到一家工厂,在车间里干起了铆工。这时候的中秋节,我有多种过法。一种是去我的一个亲戚家里过,在那里就像回到了自己的家里一样,有时还捎带着相一回亲,有枣没枣地打一竿子。一种是和要好的工友相约,到附近的羊肉馆里称上二斤熟羊肉,大吃一通。还有一种过法,车间主任经常安排我和小李连夜加班组对压力罐筒体,对完后踏着月色,再到附近的厂招待所里去吃一顿免费的晚餐。

在经历了人生的二十多个中秋节之后,我对节日的感受不再喜形于色。今年的中秋节,我要负责在办公室接听电话,要等待上级领导的走访。像月亮要走很远的路一样,我要坚持到下班的最后一刻。然后,我将回到家里,和妻子、女儿一起,将人生这个大月饼细细品尝。

白杨树林

我又回到了故乡，又回到了白杨树林。

白杨树林里，那条小径还在延伸，蝉鸣的温度依然很高。我顺手扯一把杨树叶挂在了脸上，凉凉的，涩涩的。

在这里，我们头顶着密密匝匝的绿叶，观察过物理课本上的"小孔成像"。在这里，我们仰着阔叶般的小脸，用精心制作的铁丝枪瞄准过那只土里土气的傻知了。

还有那块凸出地面的大石头，我们坐在上面吃过一只又一只的冰棍，并且萌生出一个天真的想法，将来要在城里开一家最大的冷饮店，名字就叫"零下冷饮店"。

如今，我的好兄弟，白杨树林的好兄弟，他们永居于此，生儿育女。他们身上有着白杨树的气息,那么质朴,又是那么直率。一见面,总是先夸我两句,再训我两句。

  他们说,你要记住白杨树林里的青春。

呲呲金、灯火炮和火老鼠

妻子回沂南老家，给女儿买了一小包东西。我打开一看，兴奋地说："这不是呲呲金吗？"妻子好奇地反问："你们老家那里叫呲呲金？在我们那儿可叫洋花呀！"

这一小包灰头灰脑的呲呲金，从乡村溜进城市，来到我的家里，不声不响地挤在一起。它们使我想起了温暖的乡村，重新记起了灯火炮、火老鼠这些土得掉渣的童年碎片。

呲呲金是把黑色花药包在柔软的纸条里做成的，约有一拃来长，全身灰白色，点火的那头花药稍多，颜色也略微偏黑。记忆中好像是论扎卖的，一扎是五根，一毛钱买十扎。通常是在正月十四那天赶集，把它们买回家里。到了晚上，打开纸包抽出一根，拿在手里点着了，呲啦呲啦地冒着金色的火花，很好看。也可以把唾液吐到它们尾部，倒挂着粘在墙上，排成一排，依次点燃，竞相吐着星光似的火花。那情景很像女儿经常哼唱的那首歌谣："一闪一闪亮晶晶，满天都是小星星，好像无数小眼睛，挂在天上放光明。"

灯火炮的形体类似于响鞭，不过看起来比响鞭还要粗短，好像一个小胖墩似的。它也不像响鞭那样一挂一挂地燃放，而是需要立在地上，一个一个地单独燃放。它的上半截是花药，下半截是炸药。花药外面蒙了一层薄薄的红纸，好像一个红盖头。把这层薄纸撕开，小心翼翼地点着，只听"呼"的一声，冒出一股艳丽的火苗，急剧地忽闪着。花药燃完后，引燃下边的炸药，"啪"地炸开，碎纸屑散落一地。焰似灯火，响赛鞭炮，灯火炮可谓是名副其实。

火老鼠，也叫"起花"，是把一个倒立的类似响鞭的特殊装置，用纸条糊绑在黄草棒顶端而成的。用拇指和食指轻轻地夹着黄草棒，对准天空，点着引线，"嗖"的一声，响鞭借助气体的推力，带着黄草棒飞上天去。遥远的半空里，发出"啪"的一声炸响。因为离得有些远，这一声炸响听起来有些微弱，不甚清脆，好像无力撞出太空，有一种茫然的感觉。接下来，耗空了能量的火老鼠只剩下一个空壳，斜斜地画了一条弧线，一头栽回了大地。火老鼠喜欢以四海为家，天亮后，在乡村的很多角落，你都能找到它们的身躯。

关于呲呲金、灯火炮和火老鼠，我啰里啰唆地说了这么一通，没有别的意思，是因为自己也想家了。春节没有能够回老家，少了

乡村的热闹，在城里又没人玩，陪着老婆和孩子看看电视、逛逛商场，小年、大年一眨眼就过去了。初一、初二、初三……这些有名有姓的日子也从身边溜走了。年的气息还在身边缭绕着，在呼吸里浓郁着，正月十五又踏着情人节的浪漫，小跑着向我们赶来。

观花灯、猜灯谜，这是城里人的事。正月十五这一天，家乡的亲人们一定又用萝卜做好了菜灯，用面做好了龙灯。天一擦黑，大人小孩一齐上阵，在门内门外和街头巷尾点燃了各种菜灯和龙灯。呲呲金、灯火炮和火老鼠们再也忍耐不住，开始急吼吼地登场了……

第五辑

红豆角的味道

临沂糁

某人来到河南,当地朋友说:"我带你去喝点啥。"他想,客随主便,不论是八宝粥、小米粥,还是豆腐脑、咸胡涂,喝点啥都行!结果,朋友带他来到一个小店并对店主说:"来两碗啥。"来啥还要问店主?正疑惑间,店主端过来两碗黑乎乎的肉汤,高声喊道:"啥来喽!"他这才明白,原来这碗汤就是"啥"呀!

我想,河南这种叫"啥"的东西,很可能就是糁。糁是山东临沂的一种小吃。它在字典里的读音是"sǎn",临沂地区的方言读音却是"sá"。临沂与河南地域邻近,那位河南朋友所说的"啥",说不定就是"糁"字的误读。

糁是起源于古代西域回族的一种早餐,字面意思是用肉做成的

汤羹。据说它最早是由元朝大都的一对回民夫妇带到临沂来的。当时的名称叫"肉糊",到了明朝才正式称为"糁"。据临沂县志记载,新中国成立前临沂曾有黄家、刘家、吴家和陈家等八家非常有名的糁铺。

我第一次喝糁,是1989年在临沂农业学校的餐厅。记得当时餐厅师傅给我盛了满满一快餐杯糁,暗褐色的糁汤又浓又稠,上面漂着一层指甲盖大小的白花花的肥肉片。我试探着喝了一口,满嘴充满了香气,但是香得奇特,肥而不腻。随后食欲大开,咕噜咕噜地喝到肚里,最后恨不得连杯底也用舌头舔一遍。再以后到外边的糁铺里去喝糁,却没见这么多肥肉片,几乎都是瘦肉,只是偶尔夹杂着一两片肥肉。学校里的糁以肥肉居多,想必是为了节省成本吧。

2004年,我已在临沂城落地生根、娶妻生子,喝糁成了经常的事。那时候的糁,通常有羊肉糁、牛肉糁和鸡肉糁三种。一般是两元钱一碗,最低一元钱一碗,真正的物美价廉。熬糁的糁锅锅垢愈厚,说明糁铺的年代越久远,熬出来的糁越香。我常去的是蚂蚱庙街上的一家老糁铺。早晨六点多,喝糁的人就已排成了一条长龙。卖糁的老板娘站在特制的糁锅前,摸起一个大碗,抓上一把肉片,舀出一舀子糁汤,浇到碗里,马不停蹄地又舀下一碗。客人端着热气腾腾的糁碗,绕过来来往往的食客,找个方桌挤下,慢慢享用。取三两根油条,或者一两个热乎乎的烤牌、马蹄子烧饼、油芝麻锅饼之类的面食,就着糁汤,边吃边喝,香、麻、辣、烫的感觉醍醐灌顶,

第 五 辑
红豆角的味道

穿过喉咙，传遍全身。

如今的临沂城，几乎每条街上都有那么几家糁铺，手艺也都是世代相传的。这些糁铺，虽然地势不起眼，设施也极为简陋，但正好映衬出古朴的风格，反而每每客满，生意兴盛不衰。

临沂人都爱喝糁。不知道糁为何物的，一定不是临沂人。外地人来临沂，如果不去喝碗糁，等于没来过临沂。君若来临沂，记得一定要去参观一家糁铺，喝上一碗热气腾腾的临沂糁！

山山牛

同朋友说起山山牛,他们往往会好奇地问:"山山牛?山山牛是一种什么牛啊?"

我的回答是:"错!山山牛不是牛,而是生长在沂蒙山区的一种形似天牛的鞘翅目昆虫。"

山山牛的幼虫,名叫"荒虫"。荒虫头宽尾尖,生着一对锋利的大黑牙,身体一节一节的,黄白颜色,柔滑透明。它们生活在山间草坪下的土壤里,以甜美的草根为食。记得小时候,我随同父母在山坡上开荒种地的时候,经常会刨出一些荒虫来。我点燃一堆干草,把它们投进去。它们的身体开始向内收缩,肤节不断拉长,一会儿就烤熟了,黄澄澄地散发出扑鼻的香味,变成了我口中的美餐。

第 五 辑

红豆角的味道

　　荒虫变为成虫，需要两个必不可少的条件。一个条件是季节必须适宜。每年的芒种至夏至，是荒虫羽化为山山牛的最佳时节。当地老百姓有一种简单易行的判断方法：以麦茬地里的豆苗为参照物，当豆苗生出两片叶子的时候，山山牛就该出土了。另一个条件是下一场及时雨。那种仅仅湿透地皮的毛毛雨不行，必须是一场足够大的大雨才行，大约要湿透一拃多深的土壤吧。两个条件都具备了，荒虫就会羽化为山山牛，像幼蝉出土一样，打一个圆圆的洞，从土壤里钻出来。

　　到山坡上捉山山牛，别有一番情趣。六七岁时候的我，就已经开始独自行动了。一场大雨过后，总会有零零星星的雨丝飘散着。我找了块塑料布披在身上，头上戴着遮雨的斗笠，手里提着一个葫芦头，迫不及待地跑到了山坡上。葫芦头是用葫芦做成的器具，主要用来盛山山牛和蝎子。它的蒂部横着打有一个小孔，穿上麻绳就能当提手。肩部偏下位置，打有一个磨棍粗的大孔，里面的瓤和种子都掏了出来。捉到山山牛或者蝎子后，都可以通过这个大孔把它们放到葫芦头里面去。最后再用塞子塞紧，它们就跑不出来了。

　　山山牛分公、母两种。捉公捉母，方法各不相同。母山山牛翅膀退化，飞不起来，钻出地面以后，只能满山遍野地乱爬。只要发现了它们，俯下身去，伸手就可以把它们捉住。公山山牛翅膀发达，一钻出地面就四处飞舞着，寻找母山山牛交配。你必须手持树枝，把它们扑落到地上，再去实施捕捉。

当地有一种习俗,捉山山牛的时候,总会时不时地喊上几嗓子:"山山牛噢,葫芦头噢,你妈在这山那边喽……"满山都是捉山山牛的人,站在不同的山头上,喊声此起彼伏,别有一番韵味。

捉回来的山山牛,摘掉翅膀后,可以直接油炸了来吃。虽然肉质稍硬,但是越嚼越香,富含营养,是一道下酒的好菜。更为奇特的是那些母山山牛,它们的肚子饱胀饱胀的,装满了黄白色的卵。我捉到母山山牛时,经常把它们的卵从产卵孔里挤出来,滴到嘴里,咽到肚里,甜美的感觉瞬间浸透了全身。

第 五 辑

红 豆 角 的 味 道

怀念蝉

小时候，我是捉蝉的高手。村前的大路两边生长着两排粗壮的杨树，一到夏天，就引来了万蝉齐鸣，聒噪声声。

捉蝉的方法有很多种，第一种方法是用小锄锄。趁着大雨过后或者黄昏时分，来到村南的树林子里，用小锄将地皮轻轻地划破，就会现出一些拇指粗的小洞。每个小洞里都住着一只幼蝉。它们瞪着两个黑眼珠，正待破土而出。狡兔三窟，蝉却只有一洞容身。这时，你只要将这个小洞轻轻地扩大，就可以捕获它们了。

第二种方法是用手摸。等天黑下来以后，举着手电筒，在树林子里挨棵树照。这时候的幼蝉，往往正沿着树干向上攀爬，或者已经羽化成飞蝉，正在晾翅。用手电筒照到它们后，抬手就可以把它

们摸下来。

第三种方法是用火引。黑夜里,在树林子边找一些柴火,堆在一起用火点着了,然后用脚猛跺树干,震动枝叶。树上的蝉受到惊吓后,就如飞蛾扑火似的,"吱"的一声,由树上飞到了火堆里。

第四种方法是用杆子粘。抓一把麦子放到嘴里,使劲嚼成团,放进水里漂去麸皮,变成黏黏的一团麦胶。把这团麦胶裹到长长的杆子头上,对准蝉的翅膀粘去,十有八九它跑不了。

第五种方法是用铁丝枪打。用长木棍、粗铁丝和皮条稍事加工,即可做成一杆铁丝枪。将枪头伸到离蝉很近的地方,瞄准好,拉动机关,只听见"啪"的一声,长长的铁丝直刺而出,一剑穿心。

还有一种捉蝉的方法,听说是用塑料袋和牛尾巴上的毛来套。这种方法我没有试过,不过想来效果也不差。

那时候我们捉住了蝉,大部分都拿回家吃掉了。随着乡土情结变浓,再加上饮食观念的变化,蝉、蚂蚱、螳螂和豆虫等一些昆虫逐渐成为市民口中的美味。为了适应市场经济的发展,昔日默默无闻的蝉也成了市场里的抢手货,一只蝉卖到了一角钱,甚至更多。城里一些精明的小贩,专门做起了蝉的生意。他们从乡下收来大量的蝉,再转手卖给市民,获利颇丰。

我家附近甚至还出现了卖蝉的早市。每天早上七点,我去单位上班的时候,正好路过这个早市。路两边蹲满了卖蝉的和买蝉的,偶尔还能听到一两声蝉鸣。大铁盆里爬满了幼蝉,卖蝉人时常往它们身上喷洒着清水,防止它们羽化成飞蝉。偶或也夹杂了一些从乡下赶来的农民,自己捉了蝉来卖。他们只是将蝉放在塑料袋或者矿泉水瓶里,衣着又朴素,一看就知道不是贩子。市声乡音淹没了微弱的蝉鸣,将早市的气氛渲染到了极致。蝉的商业气氛甚至波及了农村的小学生。有一个周末,我亲眼看见几个穿着校服的小学生,用塑料袋装着二三十个幼蝉,怯生生地站在那里,等人来买。

很久以前的夏日乡村,白天听到的最多的声音就是蝉鸣,夜间听到的最多的声音就是蛙鸣。那时的噪音,今天听来应该是动听的天籁。蝉虽然吸食树汁,虽然天性聒噪,但也并非毫无益处。"蝉噪林愈静,鸟鸣山更幽。""居高声自远,非是藉秋风。"古诗词里的它们,充满了哲理和情趣。

我们常讲生态平衡,其实生态薄如蝉翼,一不小心就会被打破。任何一个物种的衰退和灭绝都不是偶然的,蝉也许正走在向人类告别的道路上。但愿未来,我们不只是在古诗词里听得到蝉鸣。

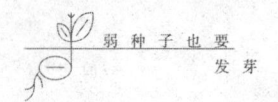

进化看得见

我出生于 1973 年。小时候,村子西边有一片枫杨树。每到夏天,这里就成了蝉的天下。它们低低地聚集在树干上,或静默,或聒噪,聒噪时声震耳膜,静默时仿佛世上万物皆静止。我常常扮演一个偷袭者的角色,靠近树干,猛然出手,总有几只乖乖地做了我的俘虏。

我之所以能轻易捉到它们,主要原因有两个:一是它们的数量太多,二是它们聚集的地方离地面太近。小小的我,因而还生出了讥讽之意:这些蝉太傻了,难怪被我捉到!谁让它们不爬得高一点呢?

1989 年,我离开家乡,到临沂城求学。1993 年,我完成学业,留在城里工作。从我出生到这时,时间一晃过去了二十年。再回故乡的时候，蝉作为一道美食，身价已飙升了许多，村西那片枫杨树也消失了。其他种类的树上倒还有一些蝉，只是为了躲避人类的捕杀，它们都迁往高处的树枝，"居高声自远"去了，低矮的树干上再也不见一只。剩下我傻傻地站在那里，仿佛我就是前世的那只傻蝉，独自静默着，再也发不出声来。

2007年夏天，我到海阳市参加《故事会》山东作者笔会，期间到招虎山景区去采风。整个招虎山溪流淙淙，茂盛的植被分外光鲜，仿佛用水洗过一样，愈显无限的生机。我们挽了裤腿，提着鞋子，逆流而上。行至招虎山深处，在路边低矮的树干上，我居然又见到了儿时那般模样的傻蝉。它们照旧聚集在低矮的树干上，我伸出手去，轻而易举地捉到了几只。甚至有一只傻蝉，听凭我把它放在了我的鼻子上。它慢慢地爬了两下，爬到我的眼镜上，静静地待在那里，再也不愿意动弹。看来，它对我这个陌生的来客，没有丝毫的戒心。

招虎山的蝉，无疑是一群内心纯净的蝉，让人心静的蝉。它们活得那么简单，那么清净，我都有些羡慕它们了。

物种进化是一个漫长的过程，在由简单到复杂、由低级到高级而逐渐发展变化的链条上，很多物种，比如蝉，它们的生活习性肯定会发生一些变化。只要认真观察，这些变化还是能够察觉到端倪的。也就是说，进化是看得见的，它总是活生生地发生在我们的眼皮底下。

我们影响着万物，万物也影响着我们。从这个意义上来说，人人可以是物种进化的推进者。我们应该抽时间想一想，自己可以做

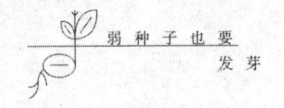

什么，具体怎么做，能做到什么程度？十年、二十年后，再到招虎山的时候，我希望那里的蝉，还是那么懒惰，不求上进，一劳永逸地停留在低矮的树干上，等着我来相会，等着我来艳羡。而它们，最好是依旧对我不理不睬，仿佛眼前没有我这个人存在似的。

向日葵童话

我一直有着自己的梦想。

那就是回到乡下,在一块并不算很大的麦地周围,栽上一圈向日葵,让麦子端坐葵花的摇篮,一任野麦蒿的黄花做自己的头饰,永远苍翠、年轻。

在这块属于我自己的麦地里,向日葵拽紧了安徒生的胡子,指挥枝叶大刀阔斧地生长。它的直根,滋滋地延伸,穿越地鼠的家,直指兴奋的蚯蚓。蚯蚓含着葵花,从这个洞钻进那个洞,一直来到我家老屋的台阶下。又拾级而上,逼近那粒夜读油灯的葵花籽,"咯嘣"一声,吐出一个童话故事。

我终于听到了向日葵的声音。它土里土气地叫着我的小名,喊

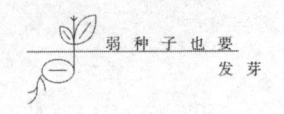

我早起,喊我去上学。整个过程,就像是似落非落,而又突然坠落的那瓣葵花,在野斑鸠的眼里发亮。

  我梦想成真。

树林子、鸟儿及其他

听人说，这里原先是一大片一大片的树林子，生长着杨树、榆树、椿树、楸树等各种各样的树木。树上停留着许许多多的鸟儿，枝杈之间筑有大大小小的鸟巢。树下丛生着形形色色的杂草和野菜，蹦跳着无忧无虑的大头蚂蚱和尖头蚱蜢。

春夏两季，这里绿树掩映、浓荫遍地，整个树林子就是一幅浓墨重彩的泼墨画。秋末冬初，这里落叶萧疏、枝干遒劲，整个树林子就是一幅凝练、传神的黑白素描。

后来，这里只剩下了一棵杨树，众鸟也高飞而去。

剩下的这棵杨树越长越粗，越长越高，整日伸长了脖子，不知在张望什么。

弱种子也要发芽

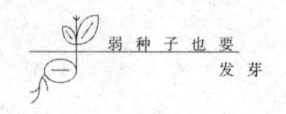

说不准是哪一天,飞来了两只黄嘴黑羽的鸟儿,落在这棵唯一的杨树上。

它们辛辛苦苦地衔来干枝枯草,筑成了一个碗口大的鸟巢。

这两只鸟儿,为什么选择在这里安家?

或许是,它们找不到更好的去处。

都说独木难成林,可是没有林子的时候,独木未尝不能成林。如今的这棵杨树,在鸟儿心目中的分量,已相当于过去那一大片一大片的树林子。

这棵杨树上的每一个枝条,每一片绿叶,看起来都是那么鲜亮,那么可爱。两只鸟儿通体滋润,瞪着黑亮黑亮的小眼睛,唱着婉转动人的歌儿。

宁静!大地一片宁静!

一夜之间,这里竖起了一大片塔吊,仿佛原先那一大片一大片的树林子。

工地上开始昼夜施工。两只鸟儿渐渐不安起来。

最初,它们的视线还能穿过塔吊,投向远方。后来,楼房起到了五层、六层,仍然没有停止的迹象,还在继续增高。它们即使站在高高的树梢上,也望不到楼房对面的景物了,再想到那儿觅食,也只能绕行了。

有一天,突然停电,塔吊趴了窝。两只鸟儿,一前一后,飞到了塔吊上。它们先在吊臂上停留了一会儿,接着飞进了操作室里。

第五辑
红豆角的味道

不知哪一只鸟儿,还在里面留下了一坨屎。

它们可能在想:离开了人类的塔吊,不过如此!

一辆小车绕过那棵杨树,停在了工地上。

从车上下来了一个白胖子。这人是包工头,走路都"呼哧呼哧"地喘气。

望着包工头白白胖胖、指指点点的手臂,两只鸟儿想起了它们以前曾经在草丛里吃过的那种肉嘟嘟的虫子。现在,很难再寻到那样的美味了。

有个小工,放下了小推车,想摸摸包工头的爱车,被包工头喝斥得蔫头耷脑。

车壮人胆,人仗车势,鸟儿们却无可依傍。

两只鸟儿在那里想,小车的力量居然有这么大,人类都不单纯依靠双脚走路了,多美呀!还有天上的飞机,连翅膀都不用扇,就能飞那么高,那么远!

包工头也看到了两只鸟儿。

他在暗暗地想:如果鸟儿也会开车、开飞机,它们赖以飞翔的翅膀,会不会变成脂肪翅,再也扇不动清风,再也经不起雨淋?

一对年轻人来看他们的房子。

鸟声清脆悦耳。

他们看到了那棵唯一的杨树,看到了杨树上的鸟巢。

"似花还似非花,也无人惜从教坠。"杨花漫天飞舞,飘过脸颊,

他们感到了凉凉的春意。

他们幸福地依偎在一起!

年轻人走后,过来了几个建筑工人。他们挥动电锯,对准杨树根部,开始了伐木作业。

树身剧烈抖动起来,树上的鸟儿慌忙飞走了。

没多会儿,那棵杨树轰然倒地。鸟巢仍牢牢地搭在枝杈间,鸟蛋摔到地上,碎成了一摊。空气中飘荡着新鲜的锯末味道。杨树,高高的杨树,连死亡的气息也是那么高贵,那么动人!

那对年轻人结婚,拜天地的时候,新郎的脸,正对着原先那棵杨树的位置。

新郎突然想起了两个问题:那棵杨树怎么不见了?鸟儿怎么不见了?

但也只是突然想起而已,当"一拜天地"的礼仪声响起,新郎对着那棵杨树的位置,深深地拜了下去,一颗晶莹的泪珠从脸上滑落。

红豆角的味道

儿时,我经常和母亲一起,挎着提篮到山坡上去摘红豆角。

说起这种豆角,可能知道的人不太多了。

红豆角是一种极其耐旱的植物。在乡下,它们大都种植在山坡上,藤蔓拉拉扯扯的,一不留神就爬满了地沿,生命力旺盛到仿佛不需要水分滋润的地步。

红豆角和绿豆角的区别,一是形状的不同。绿豆角在生长的过程中,总是耐心地维持着又细又长的体形,貌似城里那些骨感的美女。红豆角呢,任它们如何努力,体形也不会太长,大约不过一拃半吧,又粗又短,一副山风砥砺、不假修饰的模样。再就是颜色的区别。绿豆角嘛,自然是单一、集中,而且生机盎然的那种绿。红豆角呢,

则是红绿相间、两色辉映,而且随着生长进程,红色会逐渐压倒绿色,成为主流颜色。

前些日子回乡下,在山间梯田的边沿上、在各家各户的提篮里,我又看到了久违的红豆角。当我溜进灶间,掀开乌黑的铁锅,里面拥挤着的,居然也是炖熟了的红豆角。

这使我记起了在乡下吃红豆角的情形,它们有着不同的吃法呢。

最原始的,是生着吃。记得儿时到山坡上摘红豆角时,饿了就拿一根塞到嘴里,"咯吱咯吱"地咀嚼着,一股生猛的青涩味儿立马填满口腔,连呼出的空气,也透着红豆角特有的气息。或者挎着满满的一篮红豆角回到家里,摸起一个煎饼,卷上三五根,一口咬下去,红豆角的青涩味儿与煎饼的粗粮味儿混合一起,凶猛地冲击着你的味蕾。

尚未成熟的鲜嫩的红豆角,适合生着吃。经过一段成熟期的红豆角,则适合炒着吃。儿时,家里很少能吃到肉,母亲就把红豆角洗净,切成碎段,用豆油炒熟,盛到粗瓷大碗里,便是上好的美味。再老一些的红豆角,则适合炖熟了来吃。而且红豆角不怕老,越是老的,炖熟了吃起来越有味道。

收笔之际,我的思绪却突然拐弯,从红豆角的吃法里品尝到了人生的味道。

青年时期的我们,充满旺盛的生命气息,好比是鲜嫩的红豆角,哪怕是带有丝丝青涩,青春的经历也值得我们永远留恋。

第 五 辑

红 豆 角 的 味 道

    壮年时期的我们，依依不舍地迈过青葱岁月，仿佛渐渐成熟了的红豆角，还需要给自己加一把火，用热油猛烹一下，人生的滋味才会更加丰富。

    老年时期的我们，遵循着自然法则，红豆角般的苍老跟着爬上额头，老而弥坚的风范同样令人迷恋不已。

    红豆角的味道，就是人生的味道，您说是吗？

弱种子也要
发芽

故乡无大雪

那一年,故乡铺天盖地地下了一场大雪。黑狗、白狗都钻进了羊圈里,趴在羊粪蛋子上,冻得连尾巴也不摇了。枰栗树静静地耸立着,黝黑的枝丫上臃肿地驮了一层厚厚的雪花。院子里的水缸也被掩埋了大半截,磨眼里填满了雪,只有小口井是裸露的,整个小山村好像遭遇了十面埋伏。

大人们装满火药,带足铁砂子,扛着猎枪,成群结伙上山打兔子去了。我一骨碌从床上爬起来,匆匆忙忙地穿上衣裳,摸了个凉地瓜,啃了几口,揪着书包就往外跑。路过军委家,我隔着高高的院墙,扯着嗓子喊了几声:"上学了!上学了!"不一会儿,军委提溜着裤子跑出来,"吱吱呀呀"地打开了他家的木板门。

沐浴着微黄的阳光，我们拖着鼻涕，呼着热气，一起去上学。在堆满玉米秸、乱石块的乡村里，我们是两个傻里傻气的冒险家，大路不走走小路，还专拣雪最厚的地方走。脚上那双兴奋的棉靰鞡闪着黝黑的亮光，踩在积雪上"咯吱咯吱"地叫个不停。头顶上的棉帽子好像正在吃食的小肥猪，一颠一颠地扇着俩大耳朵。那一刻，我们自主行走在属于自己的世界里，内心感到无比的喜悦。断断续续从深山里传来的一两声枪响，使我们远远地闻到了一股子火药味，也让我们记住了什么是真正的大雪。

我们自得其乐地踏雪而行。在前面的拐弯处，突然冒出了青梅和红杏。她们徐徐地走在大街上，勾肩搭背，眉飞色舞，嘴里还叽叽喳喳地议论着什么。这么小就体现了女人的天性！我和军委仇视地看了她俩一眼，使劲攥了个雪球，一扬手，"呼"的一下扔了过去，正打在了青梅的小花裤上。青梅和红杏狠狠地剜了我们一眼，骂了一声"该死"，还威胁说要报告老师。我和军委自知理亏，嘟囔了两句，无心恋战，灰不溜秋地败下阵来，一溜小跑，踏进了村西的学屋。

那天中午，我向青梅和红杏实施了报复计划，在课堂上抽掉了红杏的小凳子，在青梅的书包里偷偷地放了两个雪球，还向女生厕所里扔了几块土坷垃。老师一生气，罚我一节课的站，直站得我两眼发花，两腿发酸。下午放了学，回到家里，我拉了个红杌子，坐在温暖的八仙桌前，自己一个人吃掉了一大碗用萝卜片炸的兔子

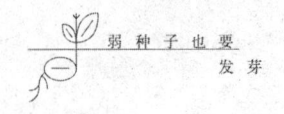

肉，心安理得地享受着大人们的劳动成果。晚上，在昏黄的煤油灯下，我拿出作文本，恪遵师嘱，第一次写替军属王大爷扫雪的作文，人生开始谎话连篇。

在这个童话般的小山村里，我枕着纯真而美丽的梦境，沐浴着白雪清凉的气息，沉沉地睡去。

一觉醒来，我家院子西面的那片桑树林子，已经枝繁叶茂，度过了十多个春秋。当初，父母栽下它们，也就是栽下了我的年轮，预知了我的死亡。这时候，我开始离开家乡，在一个叫作"范家岭子"的小学读五年级。我每天徒步疾走三公里，跨过一座大桥，翻过一座低矮的小丘陵，弹丸似地穿过一扇窄窄的小西门，沿着低得不能再低的青石台阶，逐级而下，在高高的白杨树的遮掩下，一眼就看到了五年级三班的指示牌。那个破牌子好像一个忠实的向导，在我眼前晃荡了三百六十五天。后来，它学会了和我捉迷藏，隐身在一个遥远的角落，低低地向我诉说着什么是回忆，什么是忧伤。

那个连教室、办公室，再加上教职工宿舍，总共只有三排瓦房的校园，是我记忆中最后的乐园，也是我童年的墓地。挂在老杨树上的大钟敲响了，站在树梢上唱歌的花喜鹊飞走了，老师匆匆忙忙地夹着课本逃离了讲台，校园里一下变得喧闹起来。我和来自"七坪、八岭、一嘟噜"的同学冲出教室，刹那间好像涌出了千军万马。我们嗷嗷地叫唤着，发了疯似地打拐。我打遍了众多的英雄好汉，最终败在了大扁头手里。作为别人的手下败将，我的心里有了一点小小的失落。从那时起,我开始知道一个人的能力是有限的,并且开始忍受着那些陈年旧事的折磨。

转眼又是一场大雪。母亲的神经开始错乱,眼里净是些妖魔鬼怪。她试图阻止我去上学,一路小跑着,尾随着我赶到了范家岭子小学。那个白发苍苍的老师,名叫李素贞。她满头的白发好像一场大雪,与母亲的目光不期而遇。在料峭的北风中,母亲感到了畏惧,她将我撂在范家岭子,一路思索着,独自走了。一位神经病母亲与一位灵魂工程师的对峙,就这样悄无声息地结束了。那个叫李素贞的老师,从此像一朵美丽的雪花,融入我的心灵,化成一条亮晶晶的小溪,滋润着我的人生。

一年的时光很快被我挥霍掉。在那个叫作"范家岭子"的地方,我懵懵懂懂地读完了小学。从那以后,范家岭子小学就滞留在我的脑海中,变成了一个词语、一个概念和一份抹不去的记忆。我隐隐约约地有一种预感,这个叫作"范家岭子"的弹丸之地,已从容地把我剔除在它的领地之外。我像一根离开了母体的肋骨,它不会再以博大的胸怀接纳我。

逢大集的日子,我赶到乡政府驻地,在乡中学门前的大红榜上,顺利地找到了自己的名字和分数。在纷纷攘攘的人世中,我开始感受别人的目光,接受别人的评价。

红纸黑字,将青梅和红杏无情地隔在了四公里外的那个叫作"故乡"的地方。在文字和数字组合的堡垒面前,军委也义无反顾地钻

进深山密林，放他的黑山羊去了。二十年以后，正是我内心无比思念故乡的时候。当我开始羡慕那些在故乡生儿育女的人们时，他们也开始羡慕流浪在外的我。在人生的旅途上，我满怀感触地想起了刘禹锡的《竹枝词》："东边日出西边雨，道是无晴却有晴。"

时间每天都是新的。在烦琐的迎来送往中，我从一个小学生升格为中学生。我骑在大梁上，吃力地蹬着大轮的海燕牌自行车，每周例行公事般地往返两次，碾压着蜿蜒的土路，一路颠簸着回到家里，放开肚皮，大碗吃菜，大口喝水。然后关上西屋门，在床沿上静静地坐着，无边际地思索着什么。最后，再扒掉一身的脏衣裳，从徒有四壁的家里驮回塞牙缝的口粮。

我住校了，杨木做的木板床，上下层的通铺，躺在上面像被放倒了的秫秸，一根根地靠在一起，拥挤不堪。几天下来，我身上招了虱子。上课时，我一边心不在焉地听着老师讲课，一边在毛衣里摸索着，把那些喝人血的小动物一个个地掐死，扔掉……我开始尝试独立生活，开始有了自我保护意识。

我总是抵挡不了诱惑。上晚自习的时候，我和小福子逃课，踩着被流水打磨得光滑的石子，渡过一条大河，穿过一片树林，跑到一公里外的马家崖村看露天电影。夜深了，我们跑步返回学校，提心吊胆地扒着石头缝，翻过高高的院墙，抱着白杨树，攀缘而下，被守候在此的班主任逮了个正着。他恶狠狠地骂了一句，抓着我的头发，用尖头皮鞋狠狠地踹了我两脚。当浪漫遭遇现实，老天爷，我逃课的毛病一下子改了。

初三的时候，从县师范学校来了个年轻人，教我们英语。晚自习结束后，他溜进男生宿舍，教我们说："长蜜蜂——LONG BEE。"我大着胆子摸了摸他的小胡子。他一点也不生气，还学着大羯羊，冲我"咩咩"地叫唤了几声，一头将我顶倒，歪在了床上。后来我突发奇想，想听听他是怎么用英语学羊叫的。可惜的是，我没有勇气当着他的面把这个想法表达出来。几个月后，他和我的同桌小荷搞起了师生恋……校长说，满羊群里跑出了一头驴。后来我想，那是另类啊！

最后一场大雪落下来的时候，我遇见了复读的阿苏同学。

她是那么丰满，脸上还长着几个黑雀子，看上去像个美丽的小蚕蛹，有事没事的老在我眼前晃悠。

看着她，老是在看着她，我把自己看傻了。

星期天的晚上，我趴在女生宿舍的后窗户上，赖着脸皮向她借火柴，嘴里说着些莫名其妙的话……

大年初三的早上，我一个人溜到她们村，埋伏在她家附近的柴火垛里。她推开大门，和女同伴嘻嘻哈哈地笑着，向村外走去，一点也不理会我的寂寞……

我想我可能开始初恋了。

我唆使小福子在黑板上写下了五个大字："我爱你，阿苏！"

她把爱悄悄地擦掉，什么也不说。

弱 种 子 也 要
发 芽

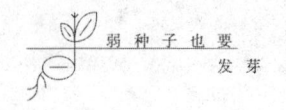

大路朝天，各走一边。

毕业后，她去了潍坊，将我一个人留在了故乡。

我继续伤感着，浪费着粮食，回忆着人生。

在一个阳光灿烂的日子里，我用一根草绳，将那些旧课本扎成捆，使劲地拍了拍它们，然后撂在了床底，说了声："看你再能！"眼泪轻轻地落了下来。

自此故乡无大雪，而我也开始了一生的流浪。

图书在版编目（CIP）数据

弱种子也要发芽 / 刘克升著． -- 北京：中国广播影视出版社，2020.11（2022.7重印）
（"语文大热点"系列丛书 / 崔修建主编）
ISBN 978-7-5043-8506-2

Ⅰ．①弱… Ⅱ．①刘… Ⅲ．①散文集－中国－当代 Ⅳ．① I267

中国版本图书馆 CIP 数据核字（2020）第 176730 号

弱种子也要发芽
刘克升　著

图书策划	林　曦
责任编辑	宋蕾佳
装帧设计	智达设计
插　画	王　静
责任校对	龚　晨

出版发行	中国广播影视出版社
电　话	010-86093580　010-86093583
社　址	北京市西城区真武庙二条9号
邮　编	100045
网　址	www.crtp.com.cn
微　博	http://weibo.com/crtp
电子信箱	crtp8@sina.com

经　销	全国各地新华书店
印　刷	三河市腾飞印务有限公司

开　本	880 毫米 ×1230 毫米　1/32
字　数	150（千）字
印　张	8.375
版　次	2020年11月第1版　2022年7月第2次印刷

书　号	ISBN 978-7-5043-8506-2
定　价	32.00 元

（版权所有　翻印必究·印装有误　负责调换）